男女の
逆転した異世界で、
誰もが俺を求めてくる件

「えっ、ちょ、ちょっと！何をしているんですか!?」
「ほら、これを着るといい」
エルミー
Aランク冒険者パーティ『蒼き久遠』の剣士。真面目な性格だが、ムッツリでソーマに興味津々。

「いやいやいや、何を言っているんですか!?
早く服を着てください!」
「そ、そちらこそ何を言っている!
は、早く君の胸を隠すんだ!」

「やっぱり薄着の男性はいいよな。胸の形がよく分かるというか」
「こ、こら！フェリスもフロラもはしたないぞ！」
フェリス
Aランク冒険者パーティ『蒼き久遠』のタンク。サバサバした性格で、ソーマとのワンチャンを狙う。

「いつもよりお尻が綺麗に見える」
フロラ
Aランク冒険者パーティ『蒼き久遠』のエルフの魔法使い。幼い見た目で大人しい性格と思いきや、耳年増。

「年は我の方がだいぶ上だが、その分経験は豊富であるぞ。もしソーマ殿が良ければ我と試してみぬか？」
パウラ
カーテリー国の女王。溜まった欲求不満をソーマで解消しようと誘惑してくる。
ソーマ
元高校生の転生者。治療士の最上位職『聖男』で、あらゆる回復魔法を使うことができる。

「ええ～と、その……」
「お、お母様！」
カロリーヌ
ソーマによって命を救われたパウラの娘で王女。この世界では珍しいおしとやかな女性。

danjo no chikara to
teisou ga
gyakutenshita isekai de,
daremoga orewo motomete
kuru ken

CONTENTS

男女の力と貞操が逆転した異世界で、誰もが俺を求めてくる件

タジリユウ

ファンタジア文庫

3406

口絵・本文イラスト　さなだケイスイ

男女の力と貞操が逆転した異世界で、誰もが俺を求めてくる件

タジリユウ
Illust. さなだケイスイ

プロローグ

「……ここはどこだ？」

ふと気が付くとそこには一面の草原が広がっていた。遠くのほうには大きな山や森が見える。すぐそこに人が踏みならしてできた道のようなものがあったが、道路や街などの人工物は視界上に存在しなかった。

どうして俺はこんな場所にいるんだ？

ボーっとする頭を働かせて、最後の記憶を辿《たど》ってみる。

「あれ、もしかして俺は死んでしまったのか？」

俺の頭に残っている最後の記憶……それは高校からの帰り道、信号が青に変わった交差点を歩いている時に、いきなり猛スピードで突っ込んできたトラックだった。

「あるいは集中治療室で夢の中か……でも夢の中ではなさそうなんだよな」

日差しの温かさ、地面の土の感触、頬に当たる風、そのどれもがここは夢の中であることを否定していた。

ということは、やはり俺はあの時に死んでしまったのだろうか？

「ワイシャツに制服のズボンにスニーカー。学校から帰ってくる時のままだな。持ち物は何もなし、ポケットに入れていたはずのスマホもサイフもなしか」

冷静に現状を把握してみたが、これからどうしよう。とりあえずその道に沿って進んでみるか。もしかしたら何かがあるかもしれない。

道に沿って歩くこと一時間、やはり人工物は何も見えてこない。そして徐々に木々が増えて森に近付いてきた。

しまったな、道を反対に進むべきだったたか。

ガサッ

「っ⁉」

横の草むらから物音がした。

「……スライム？」

草むらからゆっくりと現れてきたのは全身水色でゼリー状の生物だった。そしてその中心には赤い目、もしくは核のようなものが存在している。それはよくゲームや漫画で見るスライムの姿だった。

「マジかよ……ひょっとしてここは異世界なのか？」

俺もいわゆる異世界ものと呼ばれる小説や漫画は読んだことがある。もしかしてトラックに轢かれて死んでしまい、異世界に転生してきたのか!?

無茶苦茶な考えであることは自分でも分かっているが、目の前に存在するファンタジーな生物を実際に見てしまうと、そう考えるしかない。

どうしよう……三十センチメートルほどの可愛らしい生物なのだが、この世界では危険な生物の可能性もある。

よし、とりあえずここは逃げて人を探そう！

ピョンッ

「わっ!?」

踵を返して逃げ出そうと思った瞬間、いきなりスライムが飛びついてくる。ゼリー状の身体のくせに、俺の想像の倍以上の速さで動いてきた。

ジュッ

「おわっ、服が溶けた!?」ヤバい、俺も溶かされ──あれ、痛くも何ともない」

飛びついてきたスライムが俺のワイシャツにへばりついてきたかと思ったら、ドロドロと俺のワイシャツが溶け始めた。しかし、肝心の俺の身体自体にまったく害はなく、ヒンヤリプルプルしていて、むしろ気持ちが良いくらいである。

「うわ、初めての感覚だな。大丈夫だよな、あとで腫れたりしないよな？」

プルプルとした感触のスライムを両手で引き離して、遠くまで放り捨てる。今のところはスライムを触った両手にも異常はない。

ワイシャツの右肩からお腹《なか》のあたりまで綺麗《きれい》に溶かされてしまっていた。だけど、上半身だけだったのは幸いだったな。あのまま下半身のズボンまで溶かされていたら、いろいろとアウトになるところだった。

ここが異世界なのかは分からないが、もしかしたら猥褻《わいせつ》物陳列罪がこの世界にもあるかもしれないし、街や村を見つけたとしても、中に入れてもらえなかったかもしれない。

ガサガサッ
「なんだよ、またスライムか――よ？」

どうやらさっきのスライムがまた戻ってきたらしい。しかし、俺の目の前には三匹のスライムがいる。分裂したのか仲間を呼んだのかは分からないが、とにかくこのままではまずい。今度のやつは皮膚まで溶かすかもしれないし、下半身も溶かされたら事案が発生してしまう。

すぐに逃げようとしたが、相変わらず素早い動きで、三匹のスライムが同時に俺へと迫ってきた。

「危ねえ！」

突如スライムと俺との間に何者かが割り込んできた。

赤い髪の背の高い女性は大きな盾を持ち、三匹のスライムの突進を防ぐ。

「はっ！」

そしてその大きな盾の横から、長く美しい金髪のポニーテールをなびかせながら、もう一人の人影が現れた。ロングソードをとんでもない速度で振り下ろしたと思ったら、三匹のスライムの赤い核のようなものがすべて割れ、ゼリー状だったスライムは液体になって地面に消えていった。

「大丈夫か！　怪我《けが》はないか！」

金髪ポニーテールの女性はスライムを斬ったロングソードを腰の鞘《さや》に納めながら振り向く。

彼女は俺と同じか少し年上くらいで、とても整った顔立ちをしている。美しい金髪碧眼《へきがん》の彼女はどう見ても日本人ではない。それにもかかわらず、彼女の言葉がはっきりと理解できるのは、やはりここが異世界だからだろうか？

「はい、おかげさまで助かり――」

「なっ⁉　ふ、服が溶かされているじゃないか！　は、早く前を隠すんだ！」

「えっ？」

ああ、最初スライムにワイシャツを溶かされてしまったんだ。だけどズボンは無事だったから、問題はないだろう。

「さっきのスライムに溶かされてしまったみたいですね。でも上だけなんで大丈夫ですよ」

「い、いや。いくら何でも、うら若き男が上半身裸ってのはさすがにまずいだろ……」

先ほどの大きな盾を持っていた赤い髪の女性がそんなことを言う。

いや、うら若き男って何だよ。あれかな、彼女達は男の素肌も見たことがないような箱入り娘だったりするのかな。

「これが年頃の男性の胸。実物は初めて見た」

後ろからもう一人小柄な女の子が現れて、なぜか俺のほうをじっと見ている。男の上半身を見たことがないなんて、いいところのお嬢様なのだろうか？

「こ、こら！　彼のほうを見るな！」

金髪ポニーテールの女性が二人を注意すると、二人とも後ろを向いた。

別に男である俺の胸なんて、いくら見ても楽しくないだろうに。

「は、早く胸を隠してくれ！」

「そうは言っても、替えの服なんてありませんし……」

「そ、そうなのか。私達も簡単な依頼を達成したばかりで、着替えは持っていないしな……そうだ、ちょっと待っていてくれ」

なぜか彼女は自分の上半身の防具を外し始めた。その下には白い無地のシャツを着ている。少し汗で湿っており、この世界にはブラというものがないのか、彼女の二つの胸の先にある突起までハッキリと分かってしまった。

おっと、いかんいかん！

助けてくれた恩人を卑猥《ひわい》な目で見るなんて失礼なことをしてしまった。それより彼女は何をしようとしているのだろうか？　そうか、彼女の防具を貸してくれるのかな。

「よし！」

「えっ、ちょ、ちょっと！　何をしているんですか⁉」

防具を地面に置いて何をするのかと思っていると、彼女は身に付けていたシャツをいきなり脱ぎ始めた。

「ほら、これを着るといい」

「いやいやいや、何を言っているんですか⁉　早く服を着てください！」

そして脱いだ服をそのまま俺に手渡そうとしてくる。しかもその大きくて立派な美しい胸をまったく隠そうともせずに、服を差し出してくるのだ。

元の世界で、年齢イコール彼女いない歴の俺はエロ本や動画で女性の裸を見たことはあるが、実際に同年代の女性の胸を見たのはこれが初めてだ。

「そ、そちらこそ何を言っている！　は、早く君の胸を隠すんだ！」

なんで⁉

会話がまったく噛《か》み合っていない！

「俺のことは大丈夫ですから、そちらの胸を隠してください！」

「何を言っている！　女である私の胸などどうでもいいだろう⁉　男の君の方が優先だ！」

それこそ男である俺の胸の方がどうでもいいわ！

い、いかん、童貞男子高校生の俺に先ほどの光景は刺激的すぎる！

落ち着け、恩人を卑猥な目で見るのはさすがに良心が痛む。こういう時は逆のことを考えろ！

そう、男の上腕二頭筋が一つ、男の広背筋が一つ、男の大胸筋が一つ……よし、落ち着いてきた。ってどんな落ち着き方だよ！

「分かりました！　ありがたく服を貸してもらいますから、あなたも早く防具を身に付けてください！」

一人でアホなノリツッコミをして少しだけ落ち着いた。彼女が譲らないことは分かったから、まずはお互いに胸を隠すことを優先するほかない。

「ああ、分かった」

彼女が差し出してきたシャツを、できるだけ彼女の胸を見ないように受け取ってすぐに着る。シャツにはまだ彼女の汗の匂いや温《ぬく》もりが残っており、滅茶苦茶《めちゃくちゃ》ドキドキしてしまった。

「助けていただきまして、本当にありがとうございました」

「いや、君が無事で何よりだよ」

先ほどの金髪ポニーテールの女性がニコッと笑う。女性なのにものすごく格好良く見えるのだが、素肌に金属製の胸当てという姿がものすごくエロくて、どうしても視線がそちらの方に向かってしまう。

……いかんいかん、また男の筋肉のことを考えよう。

「まさかこんな場所に男が一人でいるとは思わなかったぜ。無事で何よりだな」

赤いショートカットの長身の女性。彼女は先ほど大きな盾で俺を守ってくれていた女性だ。

下は普通の短パンなのだが、上半身がサラシのような茶色い布を巻いているだけなので、その大きな胸が強調されていてかなり刺激的な格好をしている。

「無事でよかった」

最後の一人は小柄な女の子で、黒いローブを身に纏《まと》って長い杖《つえ》を持っている。もしかしたら魔法使いだったりするのだろうか。

そしてこの子は普通の女の子ではない。銀色の美しい髪と外国人のような容姿はまだいい。だが、彼女の耳は長くて先が尖っている。彼女の容姿は漫画やアニメなどでよく見るエルフそのものだった。

……やはりここは異世界なんだろうなあ。

「それで、君はどうして男一人でこんな場所にいるんだ？　この辺りには村もないし、スライムを相手に苦戦していたところを見ると、冒険者ではないのだろう？」

「はい、実は俺にもよく分からないんです。ふと気が付いたら、いきなり全然知らない場所にいました。それに記憶も少し曖昧で……」

ポニーテールの女性の質問に答える。

とりあえず嘘《うそ》は言っていない。ここは本当に元いた世界とは別の世界かもしれないが、いきなりそんなことを言っても信じてもらえるわけがないから、その辺りは伏せておいた。

「それじゃあ、ここがどこかも分からないのか？　自分がどこから来たのかは分かるか？」

「ええ、ここがどこかまったく分かりません。俺は日本という国から来ました」

「ニホン……聞いたことがない国だな」

「少なくともこの辺りにそんな国はねえよな」

ポニーテールの女性と赤い髪の女性は日本を知らないらしい。

「もしかしたら魔力の暴走による突発性の転移事故かもしれない。本当に低い確率で魔力の濃いスポットが暴走し、そこにいた人を強制的に転移させる現象が起きたことがあるらしい。少なくとも彼は嘘を言っていない」

はい、エルフの女の子から、魔力に転移までいただきました。どうやらこの世界には魔法があるらしい。そして彼女には俺が嘘をついていないことが分かるようだ。これも魔法の力なのだろうか？

「マジかよ。そりゃあ災難だったな。それでこの辺りじゃ見かけない綺麗な黒い髪をしているんだな」

いや、別に綺麗ってわけでもないけどな。

「大変だったのだな。私達はここから近いアニックの街を拠点にしている冒険者なのだが、よかったらその街まで一緒に来ないか？」

「ありがとうございます、ぜひご一緒させてください！」

「ああ、もちろんだ」

◇◇◇

「そういえば自己紹介が遅れたな。私はエルミーだ」

四人で近くにあるアニックという街へ向かう。どうやら俺がやってきた道を反対に進めば街に着いたらしい。二択を外してしまったようだが、そのおかげでエルミーさん達と出会えたので、かえって良かったのかもしれない。

「俺は小倉相馬《おぐらそうま》――じゃなかったソーマといいます」

よくある異世界ものだと、苗字《みょうじ》は貴族しか持たないんだったよな。

「ソーマか、俺はフェリスだ」

金髪でロングソードを持った女性がエルミー、赤髪で大きな盾を持った女性がフェリスか。

「ソーマはオレっ子、珍しい。私はフロラ、種族はエルフ」

……いやオレっ子ってなんだよ。ボクっ娘《こ》じゃあるまいし。銀髪で杖を持った女の子がフロラか。やはり彼女はエルフらしい。

「エルミーさんにフェリスさんにフロラさんですね。よろしくお願いします」

「さんはいらねえよ。それに敬語もいらねえって。よろしくな、ソーマ！」

なるほど、相手を呼び捨てにするのは、この世界の文化なのかもしれない。出会ったばかりで女性を呼び捨てにするのは少し恥ずかしいけれど、できるだけ合わせるとしよう。

「分かった。よろしくね、フェリス」

「お、おう！」

ん？　なぜか少し顔を赤くして照れているフェリス。自分でさんはいらないと言ったのにな。

「でも、ソーマは運が良い。あの辺りの森にはスライムの他にもゴブリンやオークもいる。襲われたのが服を溶かすだけのスライムでまだよかった」

おう、それは助かった。

ゴブリンやオークみたいなゲームではたいしたことがない敵であっても、戦闘能力の皆無な俺が出会っていたら、間違いなく殺されていただろう。

そういえば異世界ものだとよくチート能力みたいなのがもらえるけれど、俺にはないのかな？　さっきこっそりと小声でステータスオープンと唱えてみたが何も起こらなかった。

「そうだな、もしも私達よりも先にゴブリンやオーク達に出会っていたら、大変なことになっていただろう」

うん、たぶん殺されていただろうね。

「ああ、依頼で何度かゴブリンやオークに捕らえられていた男達を助けたことはあったが、そのほとんどがやつらに犯されて、ボロボロになっていたからな」

……んん？

「おい、フェリス。男性の前であまりそういうことは言うな」

「おっと、すまねえソーマ。見ての通り、俺達は女三人パーティだから、デリカシーってもんがなくて悪いな」

「いや、そこは全然いいんだけれど……この国のゴブリンやオークは男性を狙うの？　女性じゃなくて？」

「はは、女を狙うゴブリンやオーク？　そんなのがいてたまるかよ」

「ソーマはおかしなことを言う。いつどんな場所でも、ゴブリンやオークは男の天敵」

ええ……

俺の知っている異世界ものの常識はフェリスとフロラのそれとはまったく逆なんだけれど……

男を狙うゴブリンやオークっていうのはどういうことだ？

「おい、話は後だ。気付いているな」

「もちろんだぜ」

「当然」

前を歩くエルミーがその歩みを止め、フェリスとフロラも俺を制止する。なぜだろう、目の前には大きな岩があるくらいなのに。

「おい、そこにいることは分かっている。さっさと姿を現したらどうだ！」

エルミーがロングソードを抜き、岩に向かって声を上げる。なんだ、あの岩陰に何者かが潜んでいるのだろうか？

「……ちっ、やるじゃねえか。不意打ちは無理だったか。おい、おまえら！」

岩陰から一人の女性が姿を現した。緑と黒の迷彩柄のようで周囲の草むらと同じような色をしたボロボロのズボン、動物か魔物かは分からないが、その毛皮を加工して作ったと思われる上着、そして右手にはキラリと光る大型のナイフを握っている。

そしてその後ろからはゾロゾロと合計七人もの女がその姿を現した。しかもその女達は最初に姿を現した女性と同じ、いかにも盗賊のような格好をしている。

珍しいな、全員が女性の盗賊か。

「へっへっへ、可愛《かわい》い子を連れているじゃねえか！　どうだ、金目の物とそいつを置いていけば、命だけは助けてやるぜ！」

くっ、可愛い子ということは、こいつらの目的はフロラか！　確かにフロラは小柄で可愛らしいエルフの女の子だ。もしもこの世界に奴隷制度のようなものがあるならば、間違いなく高値で売れるに違いない。

「ふざけるな！　盗賊風情《ふぜい》に渡すものなど、一つたりともありはしない！　おまえ達こそ、大人しく投降すれば、命だけは助けてやるぞ！」

そしてその盗賊の脅しに一歩も引かないエルミー。マジかっけー！

「おうおう、可愛い男の前だからって格好つけてくれるじゃねえか。よし、決めた！　その男はおまえらの前で犯し尽くしてやるぜ！」

「くっくっく、引き締まったいい身体《からだ》をしているなあ！　俺の股の下でヒィヒィ言わせてやるぜ！」

「久しぶりの男だ、楽しませてもらうぜ！」

「…………」

あれ、俺の耳と目がおかしいのかな？　男を犯すとか聞こえたし、どう見ても女盗賊達の視線が俺の身体——具体的には俺の下半身へと向けられている。

「あの、エルミー。もしかして女盗賊達の狙いって……」

「安心しろ、ソーマは必ず私達が守る！」

ですよねえ～

どうやら女盗賊の狙いは金目の物と俺の身体らしい。

男を狙う女盗賊、男を襲う魔物、さっき俺の上半身を見た時の三人の反応、胸を見られてもまったく平然としていたエルミーの態度。

どうやら俺は男女の貞操が元の世界と逆転した異世界に来てしまったらしい……

第一章　貞操逆転異世界と聖男《せいだん》

「おらっ、痛い目見たくなきゃ、さっさと男と金目の物を置いていけ！」

「ふざけたことを吐《ぬ》かすな！　俺は男を無理やり犯そうとするてめえらみてえなやつらが一番嫌いなんだよ！」

「フェリスに同意。盗賊に生きる価値なし！」

ええっと、こんな状況なんだが整理しよう。

あの女盗賊達の狙いは男。男の服を溶かすスライムに、男を襲うメスゴブリン、男騎士の天敵であるメスオーク……

何だよそれ！　こんな世界嫌すぎる！

なんで男の俺の貞操が狙われなきゃいけねえんだよ！　神様、頼むから元の世界に戻してくれ‼

「へっへ、あの男、俺達にビビった顔をして可愛いじゃねえか」

「たまらねえなあ、早く俺の股を舐《な》めさせてやりてえぜ！」

あ、よく見るとあっちの女盗賊の二人は上半身が裸だ。

……案外この世界は悪くないかも。

「ソーマ、安心しろ。君には指一本触れさせはしない！」

本当にすみません、さすがに女盗賊の胸を見ていたとは言えない。

「フェリスはソーマから離れるな。フロラは私の援護を頼む！」

「了解！」

「おいおい、まさかたったの三人で戦うつもりかよ！　この人数差が分からねえのか？」

「お、お頭！　ちょっと待ってください、こいつらもしかして――」

「ああん、どうした？」

「行くぞ！」

「はあっ!?」

エルミーがロングソードを中段に構える。そして構えた瞬間にエルミーが消えた。

……いや、俺の目には消えたように見えただけだ。

「がはっ！」

「ぐわっ！」

そして女盗賊の二人が一瞬で後ろの大きな岩に叩《たた》きつけられた。

「な、何だ、何が起きた⁉」

「ぐえっ！」

「ぎゃあ！」

俺もそうだが、女盗賊達も俺と同じで、状況がまったく把握できていないらしい。その間に更に二人が吹き飛ぶ。

「相変わらずエルミーは速すぎ。こっちもいくよ、バインド！」

「なっ⁉」

「何じゃこりゃ⁉」

フロラが杖《つえ》を振るうと、残りの女盗賊達四人の足元から、金属製の鎖が突如として現れ、女盗賊達をグルグル巻きにして拘束した。

「くそったれ！　なんだよ、一人はアホみてえに動きが速いし、こんな強力な拘束魔法を使えるやつもいるなんてふざけてんのか！」

「あの人間離れした身体能力を持った金髪の女に、一瞬で四人を拘束する魔法、大盾を持った大柄な女……お頭、やっぱりこいつらAランク冒険者パーティの『蒼《あお》き久遠《くおん》』のやつらだ！」

「なに！　Aランク冒険者パーティだと！　馬鹿野郎、もっと早く気付け！」

「お頭だって気付かなかったくせに！」

一瞬のうちに四人が気絶し、四人が魔法でできた鎖によって拘束された。

「なんだよ、俺の出番はまったくねえじゃんか⁉」

そして唯一何もしていない――というより、女盗賊が何かをする前に戦闘が終わってしまったため、見せ場がなかったフェリス。

「ふう、終わったな。それじゃあ、こいつらを拘束して街の衛兵に引き渡そう」

「三人とも物凄《ものすご》く強いんだ。ありがとう、また助けてもらっちゃったね」

女盗賊達はエルミー達がAランク冒険者パーティだと言っていた。この世界にAランク冒険者がどれほどいるのかは分からないが、少なくとも相当な実力者であることは間違いない。

「気にするな。私達だけだったらこいつらは襲ってこなかったかもしれない。ソーマがいてくれたおかげで盗賊達を捕まえられたんだ、こちらこそ礼を言おう」

「ソーマはいい囮《おとり》だった」

「おいフロラ！　そういうことは正直に言うな」

まあ囮として役に立てたのなら何よりだ。女盗賊達を捕まえられたおかげで、この道を通る男の人が襲われることがなくなるなら、それはいいことだろう。

……なんだか、まだ男が襲われるということには少し違和感があるけれど。

「俺もみんなの役に立てたならよかったよ」

できる限りの笑顔で応える。スライムに引き続き、盗賊からも助けてもらったし、お世話になりっぱなしだ。

（おい、やっぱりソーマって……）

（ああ、物凄い天然だ。可愛い顔もしているし、街でいろんな女に声を掛けられるだろうな）

（天然オレっ子、尊すぎる！）

（こんないい男と一発ヤれりゃあ最高なんだけどな。ワンチャンいけたりしねえかな？）

（おっ、おいフェリス、こんな時に何を言っているんだ！）

（そりゃ、いい男とヤりたいと思うのは女の性《さが》だろ？）

（だっ、だからといって、出会ったばかりの男女がいきなりというのは良くないだろ。そういうものは、ゆっくりと仲良くなって男女の仲を育んでからだな……）

（んなこと言って、ダンジョンで男と出会ってそのまま勢いでヤっちまうエロ本をエルミーが隠し持っていることは知ってんだぞ）

（なっ、なななっ⁉）

（エルミーがムッツリなのはもうバレてる）

（ぬあああああ⁉）

何やら三人が小声で話している。パーティを組んでいるわけだし、三人とも仲が良さそうだな。

そのあとは盗賊達を縄で拘束しつつ、フェリスが引っ張りながら道を歩いていく。

街へ着くまでの間に三人にこの世界のいろんなことを聞いてみた。どうやらこの世界では男女の比率が一対三ほどになっていて男性の割合が少ないらしい。更に生まれつきの力や魔力は男性よりも女性の方が強いようだ。

その結果、危険が多い冒険者や、貴族などの有力者は女性ばかりになっていき、男性の仕事は接客や事務、料理や掃除など力を使わない仕事が多くなったらしい。

まさしく元の世界の男性と女性の役割が完全に入れ替わっている世界だ。それに合わせて、男性は肌をあまり女性には見せないようになり、貞淑であることが求められるようになったとか。

……俺はこんな世界で生きていくことができるのだろうか？

「さあ見えてきたぞ！　ソーマ、アニックの街へようこそ！」

◇◇◇

女盗賊達を門にいた衛兵へ引き渡し、街の中に入る手続きをした。フロラはそのまま衛兵達と一緒に盗賊達を騎士団まで連行していくそうだ。もしかしたら嘘《うそ》が分かる能力で尋問を手伝うのかもしれない。

「うわあ〜！」

城壁の中にはこれこそ異世界と呼べるような景色が広がっていた。門の前には大勢の人々や多くの荷馬車が行きかう余裕があるほど広い道。その道を行きかう人々の服装も様々だ。

大きな荷物を背負った商人のような人、農作物をたくさん持った農民のような人、プレートアーマーを身に付けた騎士か冒険者のような人。

頭から耳を生やし、長い尻尾をパタパタと振っている猫の獣人、ほとんど犬の姿のまま二足歩行している犬の獣人、少し背の低いドワーフなど、人族以外の様々な種族がこの街で生活しているようだ。

そして先ほど話を聞いていた通り、道を通る人々の多くは女性だった。そしてなぜかその女性の大半がチラチラと俺の方を見てくる。

「なんだか周りの人がこっちを見てくる気がするんだけど……」

「この辺りでは黒い髪や瞳は珍しいんだ。それにソーマは可愛《かわい》い顔立ちをしているし、今は私の服を着ているからな」

なるほど、確かにエルミーの説明通り、周りを見ると金髪や茶髪などの女性ばかりだ。元の世界でたとえると、珍しい髪の色をした外国人女性が、男物の服を着て街を歩いているようなものか。

……確かにそれは目で追ってしまうな。

そして可愛いという言葉はこちらの世界の男性には褒め言葉なのかもしれないが、俺にとってはあまり嬉《うれ》しくない。元の世界では男のくせになよなよしているとか、線が細いとか言われたこともあったなあ……

「とりあえず依頼達成の報告と、盗賊の捕縛、それとソーマのことを冒険者ギルドに報告しに行くぜ」

とフェリス。

「うん。ありがとう」

こっちの世界には冒険者ギルドがあるのか！　これはテンションが上がってしまう！

街の中で一際《ひときわ》大きな建物には冒険者ギルドという文字が書かれた看板が掲げられている。文字は日本語ではないのだが、なぜか俺の頭では日本語として認識できた。

カランカランッ

建物の中へ入ると、そこには防具を身に付けた大勢の冒険者達がいた。街中では多少男性を見かけたが、冒険者ギルドの中にいる男性は一割にも満たない。やはりこの世界では危険の多い冒険者という職業は女性が就くのが普通らしい。

建物の中に入ってすぐの場所にはイスやテーブルがあり、まだ昼間なのに料理をつまみながら酒を飲んでいる冒険者達がいる。そしてその奥には受付があった。

「おう、エルミーにフェリスじゃねえか。フロラは今はいねえのか……というか、そっちの可愛いお兄ちゃんはどうしたんだ？」

「ああ、アルベルか。森の手前で迷っているところを保護したんだ」

「というか、こんな時間から酒を飲んでんのかよ」

アルベルと呼ばれた女性。彼女はネコの獣人のようで、頭からはふさふさとした毛並みの茶色い耳が生えている。そして彼女の後ろには長い尻尾が生えていた。茶髪のショートカットにキリッとした目元で、凛《りん》とした顔立ちのボーイッシュな女性だ。

「いつでも好きな時に酒を飲めるから冒険者をやってんだよ」

「まったく、おまえは相変わらずだな。ソーマ、こいつはアルベルといって俺達の悪友だ。悪いやつじゃないんだが、チャラ女《め》だから一人じゃ絶対に近付くなよ」

「ああ、冒険者としては腕も立つが、男癖の悪さは最悪だから、近付かなくていいぞ」

チャラ女って……いや、チャラ男《お》の反対だからいいのか。確かにアルベルさんはキラキラとしたネックレスを身に付けて、その両方のネコ耳にはピアスまで付けていた。

「ちぇ、ひでえ言われようだな。この前は三人で処女を捨てたいから、初めてでも安心できる娼館《しょうかん》を教えてくれって頼んできたくせによ」

「ななな、なにを言っているんだおまえは⁉」

「おまっ⁉　男の前でそんな話をすんじゃねえよ！」

「なんだ、その様子じゃ教えた娼館にはまだ行ってないのか。まったく、三人ともAランク冒険者でモテるってのに奥手すぎるんだよ。処女なんて恥ずかしいだけなんだから、さっさと捨てちまえよ」

お、おう……なんかものすごい会話だな……

先ほどまで凛々《りり》しい態度をしていたエルミーとフェリスが、顔を真っ赤にして恥ずかしがっている姿はなんだか可愛い。

どうやらこちらの世界では元の世界の童貞のように、女性にとっては処女であることの方が恥ずかしいことらしい。

それにこの世界には女性が行く娼館なんてものまであるのか！

「へえ〜それにしても本当に綺麗《きれい》な男じゃん。おっと、手が滑った〜」

「わっ⁉」

アルベルさんがいきなり俺の尻を触ってきた。ビックリして変な声が出てしまったな。

「てめえ、何してやがる！」

「痛《いて》え！」

フェリスがアルベルさんの頭を叩《たた》くと、その手が俺の尻から離れた。

「今のは完全にセクハラだぞ！　冒険者ギルドにしっかりと報告させてもらうからな！」

一応この世界にもセクハラという言葉はあるのか……といっても、こっちの世界では女性が男性に性的な嫌がらせをすることがセクハラになるっぽい。男の俺がしたら逆セクハラということになるのだろうか？

「わりい、つい手が勝手に動いちまったぜ！　あまりにもお兄ちゃんが可愛すぎてな。すまん、許してくれ！」

アルベルさんが両手を合わせて俺に謝ってきた。いや、別に男である俺の尻を触られたところで、全然気にしていない。

「ええ、気にしていないので、大丈夫ですよ」

「おお、そりゃありがてえ！　可愛い上に優しい男じゃんか。あとはこれで童貞だったら最高なんだけれどな！」

「てめえはもう黙ってろ！」

「ぐえっ⁉　ギブギブ、マジで首に入ってるって！」

「えっと童貞ですけれど」

「「「…………」」」

あれっ、なぜか俺の発言を聞いて三人とも目を見開いて、完全にフリーズしてしまったんだが……もしかしてこちらの世界で童貞は迫害されているとかないよね？

「ソ、ソーマ。て、貞淑なのはとても素晴らしいのだが、こんな公共の場で男性がど、童貞であるなんてことを言うものではないぞ」

「ああ、こんな酔っぱらいのセクハラに答える必要なんてねえからな」

そういえば、元の世界でも女性が人前で処女だと言うことなんてないよな。つい反射的に答えてしまった。

「マジか……あんな綺麗な男が童貞だってよ！」

「すげえ、あんな男の初めての女になれたら最高なのにな！」

「おい、あとで声かけてみようぜ！」

周囲にいた女性冒険者達の話が聞こえてくる。

……そういうことか。

元の世界では処女である女性の方が好まれがちだったが、この男女の貞操が逆転している世界では、童貞である男のほうが価値があるらしい。改めて思うが、とんでもない世界だな……

「なあ、お兄さん。ものは相談なんだが、あんたの童貞を売ってくれ！　金ならいくらでも払……ぐえええ⁉」

「おまえはもう一言も喋《しゃべ》るな！」

いや、お金なんてこっちが払った上に土下座してでもお願いしたいんだが……

ちょっと待て、そういえばさっき娼館とか言っていたな。もしかしてこっちの世界だと、男が女性の相手をした上にお金までもらえてしまうのか？

「く、苦しい……」

「この酔っぱらいが！　ソーマ、この馬鹿アルベルは酒癖が悪いんだ。もうこいつとはかかわらなくていいからよ！」

「うん、全然気にしてないから大丈夫だよ」

フェリスやアルベルさんにできる限りの笑顔で返した。

「……ああ～いや、本当にすまなかった。謝罪する」

なぜか改まって頭を下げてくるアルベルさん。

いや、本当にまったく気にしていないんだけれど。笑顔で答えたから、実は怒っているとでも思われたのだろうか？　それともお酒の酔いが一気に醒《さ》めたとかかな。

「いえ、本当に気にしていませんから大丈夫ですよ。それよりもアルベルさん、お酒の飲みすぎは身体《からだ》に良くないみたいですし、ほどほどにしておいてくださいね」

「「「…………………」」」

あれ、気付けば冒険者ギルド内が静寂に包まれている。いつの間にか周りの女性冒険者達までが俺を見ていた。

「馬鹿な！　セクハラをした相手に対して、笑顔で許したどころか、身体の心配までしてくれただと……」

「なんて優しい、そして可憐《かれん》な男だ……」

「美しい、婿にしたい……」

……いや、なんでそうなるんだよ？

「ああ、肝に銘じるぜ。あんたみたいに心の綺麗な男性に出会ったのは初めてだ。ソーマと言ったな。次は酒が抜けた状態で本気で口説かせてもらうぞ！」

「あっ、え〜と、はい……」

「エルミー、フェリスちょっといいか」

「なんだよ」

「あまり良い予感はしないな」

そう言いながら三人は俺に声が届かない少し離れたところで話を始めた
（完全にソーマに一目惚《ひとめぼ》れしちまったぜ！　彼のことをいろいろと教えてくれ）

（おまえにだけにはぜってえ教えねえよ！）

（ああ。悪いがアルベルみたいな軽薄な女には近付けさせないぞ！）

（ケチだな。まあいいや、勝手に声を掛けるから。ソーマの童貞は絶対に手に入れてやる！）

（……ソーマも面倒な女に目を付けられちまったな）

（まったくだ。まあソーマみたいに天然で綺麗な男性なら当然と言えば当然か。他にも変な女達につきまとわれてもおかしくないな）

◇◇◇

「こちらで依頼は達成となります。蒼《あお》き久遠《くおん》の皆さま、お疲れさまでした」

先ほどのアルベルさんとの騒動のあと、冒険者ギルドの受付へ並び、無事に依頼を達成したことを伝えた。まだチラチラとこちらを見てくる女性冒険者もいる。

……ちなみに冒険者ギルドの受付は大半が線の細い美形の男性だった。ギルドの看板娘ならぬ看板息子か。なんだかこれじゃない感がすごい。

「盗賊の捕縛とそちらの男性の今後についてはギルドマスターに直接ご報告をお願いします」

「ああ、ありがとう」

そしてそのまま冒険者ギルドの奥の部屋まで案内された。元の世界の校長室みたいな感じで、すごく高価そうな物が置いてある。魔物のような剥製もあって圧倒されるな。

「なるほど、話は分かった。その盗賊達は最近その辺りを根城にしていた『荒野の烏《からす》』だな。すでに被害も出ていたようだ。本当によくやってくれた」

この街の冒険者ギルドマスターは白髪のお婆《ばあ》ちゃんだった。しかし、ただのお婆ちゃんではない。短いタンクトップから見えるその鍛え上げられた腹筋はまるで元の世界の女性ボディビルダーのようである。

「問題はこっちのお兄さんだね。この冒険者ギルドマスターのターリアだ」

「はじめまして、ソーマと申します」

「ふ〜む、ニホンという国は儂《わし》も聞いたことがない。どうしたもんかね……」

そうだよなあ……たぶんもう日本に帰ることはできないのだろう。異世界に召喚されたとかならともかく、たぶん元の世界の俺はトラックに轢《ひ》かれて、もう死んでしまっている。

「あの、この街に住まわせてもらうことは可能でしょうか？ 働きながら情報を集めようと思います」

「うむ、儂もそれがいいと思うぞ。安心するといい、あんたみたいな可愛《かわい》い男ならいくらでも良い仕事が見つかるさ」

どうやら俺はこの世界では可愛い顔立ちをしているらしい。こちらの世界の女性は男らしい顔つきではなく、俺みたいな線が細く弱々しい顔を好むようだ。さっきいたギルドの受付も線の細い感じの男だったしな。

「こうして出会えたのも何かの縁だ。何かあったら遠慮なく私達を頼ってくれ」

「おう、もしもニホンとかいう国の情報を聞いたら真っ先に教えてやるよ」

「エルミー、フェリス本当にありがとう！」

こんな訳の分からない世界にいきなりやってきたけれど、彼女達のパーティに出会えたことは本当に幸運だった。

「それじゃあソーマの通行証を発行してあげよう。それと当面の生活費くらいは貸してやるとしようか。男でも安心して泊まれる宿を紹介してあげるから、二人で案内してやるといい」

「ああ、任せてくれ」

「おう、任せろ」

……そうか、こっちの世界では安宿だと男のほうが危ないんだな。それに見ず知らずの俺にお金まで貸してもらえるとは本当にありがたい。

「ええ～と、名前はソーマ、出身はニホン、あとソーマのジョブはなんだい？」

「ジョブってなんですか？」

「なんだ、まだジョブを鑑定していなかったのか。ジョブは一人一人が持っているその人の才能だ。基本的には個人の自由だけれど、このジョブに関連した職に就くほうが大抵はうまく仕事ができる。普通は十歳を超えたくらいで一度は鑑定しているものなんだけどね」

なるほど、よくゲームや異世界ものでみる職業ということか。

「ここでも鑑定できるから試してみるか？」

「はい、お願いします」

別の世界から来た俺にもそのジョブというものはあるのだろうか。あるいは異世界ものでよくある勇者とかのチートがもらえないかな。この世界はなにかと男にとって物騒な世界らしいし、一人で生きていけるような力がほしい。

ターリアさんが透明で丸い直径三十センチメートルほどの水晶を机の上に置く。

「この水晶の上に両手を添えると、その人の適正ジョブが浮かび上がってくる。あと見えたジョブは言いたくなければ言わなくてもいいからね」

「えっ、言わなくてもいいんですか？」

『人によっては言いたくないようなジョブもあるんだ。それにたとえ悪いジョブであったり、気に入らないジョブだったからといって、ジョブに縛られて仕事を探す必要はないものさ」

なるほど、もしかしたら盗賊とか詐欺師とか良くないジョブがあったりするのかもしれない。

「浮かんだ文字は他の者には見えない。まあ軽い気持ちで試してみるといいさ」

「分かりました。やってみます」

両手を水晶に添えてみる。すると両手が少し温かく感じて、薄《うっす》らと水晶が光り始めた。

おお、これが魔法の感覚なのか！

『適正職業：聖男《せいだん》』

『治療士の上級職である男巫《おとこみこ》の更に上級職。回復魔法、聖魔法に最も長《た》けた職業』

「…………………」

……聖男ってなんやねん！

思わず心の中なのに関西弁でツッコんでしまった。いや、言いたいことは分かるよ、聖女の男バージョンってことだろ？

それに男巫ってあれか、巫女《みこ》さんの男バージョンってことなのか。ってか、漢字が難しいわ！　ちゃんとルビを振ってくれないと読み方すら分かんねえよ！

駄目だ、ツッコミが追いつかない……

「……ソーマ、言いたくなければ、無理に言う必要はないのだぞ」

あ、エルミーが心配そうに俺を見てくれている。少なくとも悪いジョブではなさそうだ。

だが、まだ右も左も分からないこの世界で、聖女みたいな重大そうなジョブであることを伝えても大丈夫なのだろうか？

漫画や小説みたいに聖女として祭り上げられたり、魔王を倒してこいなんて言われても非常に困る。魔王がいるのかどうかも知らんけれど。

よし、ここは一つ下の上級職である男巫ということにしておこう！

「大丈夫だよ。俺のジョブは男巫だって。治療士の上級職って書いてあった」

「「なんだって⁉」」

あれ、これでも駄目なの？

「男巫だと！　本当なのか、ソーマ⁉」

フェリスが驚いた顔で詰め寄ってくる。

「あ、うん。水晶にはそう書いてあるよ」

「まさか、治療士の上級職である男巫とはね」

ごめん、ターリアさん。本当は更にその上の最上位職である聖男なんだ……

「あの、男巫って何か問題のあるジョブなのでしょうか？」

「いや、そんなことはない、むしろとても貴重で素晴らしいジョブだ！　そもそも治療士というジョブは男性にしか現れず、その中でもかなり希少なジョブになる。このあたりの街では治療士のジョブを持つ男は一人もいないのだ。その上級職である男巫となると、この国には一人もいない」

ターリアさんの説明によると、男巫は思ったよりもヤバいジョブだったらしい。

「治療士の最大の特徴は回復魔法と聖魔法を使えるところにある。特に回復魔法だけは治療士のジョブを持った者にしか使うことができない」

「えっ⁉　普通の人は回復魔法を使えないんですか？」

　定番の異世界ものやゲームなら、回復魔法は多くの者が使えていた。

「ああ。冒険者達は薬草を加工したポーションという物を使用しているが、その効果は治療士が使える回復魔法とは雲泥《うんでい》の差なのだ」

　……マジかよ。ファンタジー世界なのに回復魔法が治療士しか使えないとか、この世界はハードモードすぎませんかね？

「もちろんソーマを疑っているわけではないのだが、試してもらってもいいだろうか？」

「はい、もちろんです」

　ターリアさんはナイフを取り出して、右の親指を少し切る。傷口からは赤い血が流れ始めた。

　そうか、治療するってことは傷を付けないといけないのか。

「治療士ならばヒールという回復魔法が使えるはずだ。試してみてくれ」

「はい、やってみます」

　とはいえ、当然ながら俺に魔法を使った経験などはない。フロラが盗賊を捕まえる時に拘束魔法を使っているのを見たことがあるだけだ。俺は本当に回復魔法を使えるのだろうか？

ターリアさんの血が出ている右手親指に両手を向ける。そして心の中でその傷が治るように想《おも》いを込める。

「ヒール！」

「「おお！」」

俺がヒールと唱えた瞬間にターリアさんの親指がわずかに緑色に光り、一瞬でその傷口が消えていった。

「やった、できた！」

これが魔法を使う感覚なのか。なんだろう、自分の中にあるエネルギーのようなものを他の人に分け与えるみたいな感覚だ。

「す、すげえ！　これが回復魔法か！」

「本当に傷が塞がっている！」

親指の小さな切り傷を治しただけなんだけれど、フェリスもエルミーも驚いている。これが回復魔法か。

「初めて回復魔法を使って魔法が発動するとは――これが男巫のジョブの力なのか！　ソーマ、頼みがある！　この冒険者ギルドには稀《まれ》に大きな怪我《けが》をした者が運ばれてくることがある。その者達を治療してくれないだろうか！　もちろん報酬を支払う。それだけの力があれば、国に仕えることができるやもしれないが、それまでの間だけでも頼む！」

おお、もしかしてお金もなんとかなるのか！　それに回復魔法を使って治療をするだけなら、戦闘をして大怪我をしたり、命を落としたりすることはないはずだ。

「ええ、分かりました」

「これはありがたい！　エルミー、フェリス！」

「「はい！」」

「これよりAランク冒険者パーティである蒼《あお》き久遠《くおん》に緊急依頼を要請する！　ソーマの護衛を行ってくれ！　報酬は規定の最高額を用意する。彼を害するような者が現れたら叩《たた》っ斬れ、儂が許す！」

「「はっ！」」

……なんだかいきなり物騒な話になってきた。

「さ、さすがにそれは大袈裟《おおげさ》じゃないですか？」

「いや、治療士ですら狙われるのにそれよりも上級職である男巫となれば、その身柄を狙う悪いやつらも大勢いるだろう。だが、彼女達がソーマの身を守ってくれる。この冒険者ギルドでも屈指の実力の冒険者だし、男性の依頼者からの評判もいいから安心してくれ」

そのあたりは信用できる。今思えば彼女達に出会った時、もし彼女達が俺を襲おうとしていたら力の弱い俺にはなす術《すべ》はなかった。

「ええ、皆さんのことは信用しています。魔物や盗賊から助けてくれましたから」

「うん、先にお互いのことを知っていたのは運が良かったかもしれないよ。さて、安全面で考えると、宿よりも彼女達のパーティハウスの方がより安全だけれど、さすがに女性三人と男性を一緒にするのは良くないだろうし、どうしたものかね……」

「いえ、もしもみんなが大丈夫なら、ぜひお世話になりたいです。この街に来たばかりで、みんな以外に信頼できる人なんて一人もいませんから」

「蒼き久遠は男性とのトラブルは起こしたことがないから大丈夫だとは思うが……」

「だ、男性と一つ屋根の下で過ごすのか⁉」

「マジかよ⁉」

「あっ、やっぱり駄目でしたよね……」

エルミーもフェリスもとても驚いている。やはり護衛とはいえ、いきなり女性三人のパーティハウスに同居させてもらうのは無理があるか。

「い、いや、全然駄目ではない！　ただ、ちょっと心の準備がいるというべきか！」

「ああ！　むさ苦しい家だが、ぜひ来てくれよ！」

「先に言っておくけれど、もしもソーマに手を出そうとしたら、冒険者資格の剝奪くらいじゃすまないよ？」

「う、うむ！　も、もちろん分かっている！」

「あ、ああ！　も、もちろん同意の上じゃなきゃ、手なんて出したりしねえよ！」

「……本当に大丈夫なもんかね」


しばらく話し合って、一週間ほど様子を見るという形で話がまとまった。当事者である俺がこの街でみんなの他に頼りにできそうな人がいないのと、この国や街のことを何一つ知らないということが決め手となったようだ。

後ほど治療士のことについてまとめた資料をギルドの職員がパーティハウスへ持ってきてくれるらしい。治療士に何ができるのかを、俺もしっかりと把握しておかないといけないな。

そのあと盗賊を引き渡していたフロラがやってきて、エルミーとフェリスが詳しい状況をフロラにも説明してくれた。

そういえばフロラは嘘《うそ》が分かるんだったよな。本当は俺が聖男であることは秘密にしておかないと。

「それともう一つ、ソーマが男巫のジョブであることはできる限り秘密にしておいてほしい。治療をしてもらう際は別室で行い、他の者にもできる限り口止めをしておこう」

「分かりました」

ジョブのことはできる限り俺も秘密にしておきたい。他の人に狙われるなんて、まっぴらごめんである。

稀なジョブを持つ者が現れた際、国王様にだけは報告をしなければならないらしいので、それについては了承した。

話がまとまって、冒険者ギルドマスターの部屋をあとにする。

「それでは、これから市場に寄って、ソーマの生活用品を買って帰るとしよう。これからよろしく頼む」

「うん、これからよろしくね」

エルミーが差し出してくれた右手に対して、俺も右手を差し出して握手を交わした。どうやらこの世界でも握手の仕方は元の世界と同じらしい。

「これが男性の手のぬくもりか……」

「へっ？」

「あ、いや、何でもないぞ！」

「ソーマ、俺もこれからよろしくな！」

「ソーマ、私もよろしく！」

続けてフェリスとフロラとも握手をする。この世界では女性の方が力は強いという話だったが、三人の手はとても柔らかかった。

というか三人とも握手をしただけで少し顔を赤くしていたけど、あまり男性に免疫がないのだろうか？

このあとは三人に護衛してもらいながら、俺の服などの生活用品を買いに市場までついてきてもらう予定だ。なにやら男物の服を女性だけで買うわけにはいかないらしい。


「頼む、誰か助けてくれ‼」

冒険者ギルドを出ようと出口へ向かう時、大きな声が冒険者ギルド中に響き渡った。

「……うう」

「た、頼む！　仲間が魔物にやられたんだ！　誰かポーションを分けてくれ！」

冒険者の格好をした女性が一人の男性を背負っている。背負っていた男性を地面に降ろすと、その男性のお腹《なか》からは大量の血が溢《あふ》れ出ていた。

「こ、この傷は……」

「気の毒だが諦めるんだな。この傷はもう助からねえ」

「ふざけるな、まだ助かる！　頼む、もう俺達のポーションは使い切っちまったんだ！　金は払う、ポーションを分けてくれ！」

「……ほらよ」

「すまねえ、恩に着る！　ほら、ポーションだ！」

女性は別の冒険者から瓶に入った緑色のポーションを受け取り、男性のお腹にかけていく。

しかし、怪我をした男性の顔色は真っ青なままだ。それどころか呼吸もどんどん弱くなっていき、顔色も更に青白くなっていく。

「ちくしょう、なんでだよ！　なんで治らねえんだ！　頼む、死ぬなよ……死なないでくれ！」

ボロボロになった防具、溢れ出てくる血液、ゆっくりと死に近付いていき青白くなっていく人の顔色、そしてそれをなんとか助けようと泣き叫ぶ仲間の表情。

正直に言って俺はまだ異世界に来たという感覚があまりなかった。スライムという魔物と遭遇し、女盗賊達に襲われたにもかかわらずだ。

　だけど今ここにきてハッキリと理解できた。消えつつある命、泣き叫びながら今もポーションを仲間にかけて、最後まで決して諦めずにその命を助けようとする者。これが今この世界の現実なんだ。

「一体なんの騒ぎだい⁉　おっと、怪我人か！　とりあえずこっちの部屋に運びな」

　気が付けば、俺は怪我人の元へ走り出していた。

「ソーマちょっと待つんだ！」

「おい、誰だお前！」

「どいて！」

　頼むぞ、俺は聖男《せいだん》なんだろ！

　この人の怪我を治してやってくれ！

「ヒール！」

　両手を傷口に向け、俺が魔法を唱えると、先ほどターリアさんの親指を治療した時とは比べものにならないほど傷口が光り輝く。そして、怪我人のお腹の傷がみるみるうちに塞がっていった。

「うう……あれ、僕はどうして？　確か魔物に襲われて……」

「よかった、生きてる、生きているぞ！」

「「「おおおおお‼」」」

よかった。どうやら俺の回復魔法は無事に男性の怪我を治せたようだ。あれほどの大きな傷でも一瞬にして回復した。これが聖男による回復魔法の力なのか。

「おい、誰だあの可愛《かわい》い男は？」

「あいつ、回復魔法を使っていなかったか⁉」

「ま、まさか、治療士なんじゃねえのか！」

「さっきの黒髪の美人さんが、まさか⁉」

あ、やべ！

ついさっきターリアさんに男巫《おとこみこ》であることはできる限りバレないようにしろと言われたばかりだった！

「あ、ありがとう！　あなたのおかげで相棒が助かった、本当に感謝する！」

「治療士様、本当にありがとうございます！」

……なんかもういろいろ手遅れのような気がする。

でもまあ、この人を助けることができたし、よしとしよう。

「いえ、怪我が治って本当によかったです。ですが、まだ完治したのか分かりません。しばらくは絶対に安静にしていてください。それと具合が悪くなったらすぐに誰かに診せてくださいね」

「はい！　治療士様の仰《おお》せの通りに！」

「……あの、そんなにかしこまらないで大丈夫ですよ。あなたのほうが歳上《としうえ》なんですし」

「なんと慈悲深いお言葉！　それで、あの……命を救っていただきましたのに、申し訳ありませんがお金がございません！　ここに僕の全財産の金貨二十枚がございます！　足りない分は後ほど必ずお支払いします。どうか今はこれで許してください！」

いや、アホか！

絶対に安静にしろって言っているのに、全財産支払ってどうするんだよ！

しかしまずいな。まだ治療費の相場を聞いていなかった。これくらいの怪我を治した場合の治療費はどれくらいが相場なのかまったく分からない。

いいや、とりあえず怪我が本当に治っているかも分からないんだし、後払いにしてもらおう。

「このお金を受け取ってしまえば、あなたは安静にして怪我を治すことができないではないですか。あなたの怪我が治ってからゆっくり払ってくれれば大丈夫ですから」

「……へっ⁉　ほ、本当にそれでよろしいのですか？」

「ええ、まずは怪我を治すことに専念してください」

「あ、ありがとうございます！　この御恩は一生忘れません！」

……いや、さすがに一生は重いから。

「「「うおおおおおおおおお‼」」」

な、なんだ⁉

「男神《おがみ》だ！　男神様が現れた！」

「すげえ、治療士なのになんて優しい男性なんだ！」

「天使だ！　黒髪の天使にちげえねえ！」

「美しく可愛くて慈悲深い！　婿にしてえ！」

男の俺を男神とか黒髪の天使と呼ぶのはＳＡＮ値がヤバいから、マジでやめてくれ……

◇◇◇

「さて、困ったことになったね……」

俺と三人はまたギルドマスター室に戻ってきた。あのあと、大騒ぎになった冒険者達をターリアさんが一喝し、俺が治療士であることを大々的に言いふらさないことと、もし俺にちょっかいを出したら、即座に冒険者の資格を剝奪するとの厳命が下った。

「すみません、できるだけ俺が治療士であることを秘密にしておけと言われたばかりなのに……」

「いや、ソーマが謝ることなど何一つない。困ったのはソーマが治療士であることが大々的に広まって、狙われる可能性が上がってしまったことだけだ。まずはあいつを助けてくれて本当に感謝する。あれほどの大怪我だ、ソーマがいなければ間違いなくあの世行きだったさ」

「そうだぞ！　あれだけの大怪我を傷一つなく治したんだ、本当にすごかったぞ！」

「ああ、あんな怪我、ポーションじゃ絶対に治らなかったからな！　すげえ力だった！」

「みんな……」

これだけ褒められるとちょっと照れてしまう。俺というよりはジョブのおかげなんだけれどな。

「そう、あの姿はまさに黒髪の天使！」

「フロラ、その呼び方はマジでやめて！」

男に天使の呼び名はSAN値がガリガリ削れていくから本気でやめて！

「そういえばソーマ、体調は大丈夫かい？　普通の治療士なら、あれだけの大怪我を治したら相当な魔力を消費しているはずなんだが」

「いえ、全然大丈夫そうですけど」

確かにターリアさんの親指を治した時よりも、多少は魔力というものを使ったような感覚はあったが、まだ何度でも回復魔法を使えそうだ。

「ふむ、さすが治療士の上級職である男巫といったところかね」

……本当はそのまた上級職の聖男なんだよな。しまったな、言うタイミングを完全に逃してしまったか。

「そういえばこの国の通貨について教えてくれませんか。あと治療士の治療費の相場ってどれくらいなんでしょうか？」

「ああ、まだ教えていなかったね。この国では白金貨、金貨、銀貨、銅貨が通貨として流通している。相場としては小さなパンが銅貨一枚、そこそこいい食事が銀貨一枚、そこそこいい宿が金貨一枚といったところか。銅貨が十枚で銀貨一枚、銀貨十枚で金貨一枚、白金貨に関しては金貨百枚で一枚の価値になる。市場で服を買う時に確認しておくといい」

ふむふむ、本当に大雑把だが銅貨が百円、銀貨が千円、金貨が一万円、白金貨だけ百倍の百万円といったところか。

「治療士の治療費についてはそれぞれの治療士によって異なっていて、治療費は自由に定めて良いこととなっている。他の街にいる治療士は大体が一回の治療で白金貨一枚だ」

「白金貨一枚⁉」

つまり約百万円⁉　そりゃさっき治療した冒険者がすぐに払えないから許してくれと言うわけだよ。

「さすがに高すぎませんか？　そんな治療費で治療を受ける人なんているんですか？」

「ああ、もちろんいる。だが、このあたりの街や村には治療士が一人もおらず、この街から長い道のりを越えて王都まで行かなくてはならない。だからこそ、先ほど冒険者ギルドにいたみなもあれほど騒いでいたのだ」

「なるほど」

あれほど大きな騒ぎになっていたのはそういう理由か。確かに、たとえ治療費が高額であっても、緊急の場合に怪我を治療できる治療士がいるのといないのでは雲泥《うんでい》の差があるのだろう。

「それにしても白金貨一枚ですか……」

「それならまだマシなほうだぞ。治療士はどんな場所でも非常に重宝されているから、様々な条件を出してくる者も多い。獣人や亜人の治療は受け付けなかったり、容姿が優れている女性ならば、その貞操を要求してくるような治療士もいるのが現状だな」

ターリアさんやエルミーの言うことが本当ならば、この世界の治療士の権限は下手をすると貴族の権限を越えているんじゃないか。

「そんなことが許されているんだ……」

「治療費はそれぞれの治療士が決めることと定められているし、その治療費に双方が納得しているわけで、無理やり貞操を奪っているわけじゃねえからな。それに男の貞操ならともかく、女の貞操なんて別に大した価値があるわけでもねえよ」

あ、そうか。

そういえばこっちの世界は男の貞操のほうが価値はあるんだっけ。でも大きな怪我と引き換えなんだから、そんなの脅迫しているのと同じようなものじゃないか。

「高額だけれどポーションでは治せないような傷を治せる。治療費が高額になってしまうのも無理のないこと」

フェリスやフロラの言う通り、命には代えられないということもあるのだろう。

「……ソーマに無理を承知でお願いしたい。他の街の治療士であれば治療費は白金貨一枚ほどの者が多い。どうか治療費は同じ白金貨一枚にするか、先ほどのように後で支払うことを認めてほしい。それが可能になるだけで、より多くの人命が助かるはずなのだ。もちろん金の回収については冒険者ギルドでも責任を持って手伝うし、補填もしよう。だからどうかよろしく頼む！」

「私達からもよろしく頼む！」

ターリアさん、そして三人も俺に向かって頭を下げてくる。

「分かりました。それでは俺の治療費は金貨十枚とします。もちろん後払いも認めることにします」

「いや、いくらなんでもそれは安すぎる」

「治療費が安すぎて困る人達はいますか？」

「……このあたりには治療士が一人もいないから、治療士については問題ないだろう。あとはポーションを販売している者も、売り上げが多少は下がるかもしれないね」

なるほど、ポーションを売っている人達についてはどうしようかな。この世界ではポーションが医者の代わりとなっているみたいだし、いきなりその人達の仕事を全部奪うのはよろしくない。それに俺一人で怪我人すべてを治療できるかどうかも怪しい。

「ではもう一つ条件を追加して、ポーションでの治療が難しい人限定にしましょう。そうすればポーションがまったく売れなくなるなんてことはないはずですよね」

「あ、ああ。だけど本当にいいのか？　普通の治療士でも白金貨一枚は治療費として取っている。確かに治療費は高額だが、命にかかわる仕事だし、当然の報酬だとみんなも思っているはずだ。それにソーマは治療士よりも上級職の男巫なんだぞ」

それでも約百万円は高すぎる。その金額をすぐに用意できる人なんて本当に限られた人達になってしまう。確かに相場の十分の一の治療費なんかにしたら、他の治療士に迷惑が掛かるかもしれないが、このあたりに治療士がいないなら問題はないだろう。

怪我の具合によって治療費を分けるという方法もあるが、医者でもない俺には怪我の重さがどれくらいなのかわかるわけがない。

「治療士は自分で治療費を設定できるんですよね。それなら俺は金貨十枚でいいです」

本当は金貨十枚でも高い気もする。だって月に十人治療したら月収百万円だ！　そんな大金を一高校生である俺がもらってどう使えばいいんだよ……

とはいえ、治療費を更に安い金貨一枚にしてしまうと、大した怪我でもない人達が殺到し、ポーションで治せる怪我も回復魔法で治そうとする者が出てくるに違いない。とりあえず金貨十枚にしておいて、状況を見ながら治療費を調整していけばいい。

「ソーマ……いえ、ソーマ様！　あなた様の慈悲に甘えさせていただきます」

ターリアさんが俺の前に跪《ひざまず》く。それに合わせて三人まで跪いてくる。

「いえ、様付けは本当にやめてください！　むしろ俺のほうこそ、これからよろしくお願いします」

◇◇◇

「へえ～これがこの街の市場か。すごい活気だね！」

「アニックの街はこの辺りでは大きな街。その分市場も大きい」

冒険者ギルドでいろいろとあったあと、パーティハウスへ向かう前にこの街の市場へとやってきている。フロラの言う通り、目の前の市場はとても広く、元の世界の祭りなどで見かける簡易な屋台などが立ち並んでいた。

「とりあえずソーマの服を買わねえとな」

「うん」

この市場に来た目的は俺の服や靴を買うためだ。今は学校の制服のズボンとエルミーが着ていたシャツを着ているが、女性用のシャツを着ているため、だいぶ目立っているようだ。靴も元の世界のスニーカーでは目立ってしまう。

「とりあえず私達の行きつけの店に行ってみよう」


市場を抜けた先のみんなが普段服を買っているというお店へやってきた。市場では安い服や古着なんかがメインだったが、この店は新品で品質の良い服を販売しているらしい。

みんなはAランク冒険者だし、日常的にも品質の良い服を購入しているのだろう。ターリアさんから明日からの治療費の先払いとして金貨三十枚もの大金をいただいている。これだけあれば、十分な服を購入できるだろう。

「ついでに私も服を見ていく」

「俺も何か買っていくか」

「ソーマ、私達の服を選ぶ方が早いから、先にこちらを見てもいいか？」

「うん、もちろん大丈夫だよ」

先に女性服がある場所を見ることになった。


「これで俺達の服はオッケーだな」

みんなが無造作に服を選んで店員さんに渡していく。本当に服には興味がないようで、どれでも変わらないといった感じだ。

そもそもこの世界では女性の方が多いはずなのに、この店の女性服の売り場自体が男性服の売り場よりもだいぶ狭い。それにデザインはシンプルな服ばかりで、色の種類なんて数えるほどしかない。

そして女性物の下着は色気や飾りなんて何もないシンプルなものだ。なるほど、貞操が逆転した世界だとこんなふうになるのか。

「いらっしゃいませ。今日は男性の方もご一緒なのですね」

「ああ。彼は遠くから来た男性なんだ。最近の服を一通り見繕ってくれないか？」

店員の方は二十代くらいの若い女性だ。服屋の店員さんだけあって、冒険者とは異なるお洒落《しゃれ》でビシッとした服を着ている。

「ええ、もちろんです。それではこちらへどうぞ」

「はい、よろしくお願いします」

店員さんに色々と服を選んでもらう。そして最後に男性用の下着の棚へとやってきた。

「……いろんな種類がありますね」

「ええ！　様々な種類を揃《そろ》えさせていただいております。男性用の下着はとても大切ですからね！」

この店の男性用の下着売り場には様々な種類の男性用下着があった。基本的にはボクサーパンツやブリーフの下着なのだが、装飾が入っていたり、いろんな色や柄などがあった。

いや、絶対こんなにいらないだろ……

「ソ、ソーマ。私達はあっちを向いているから、その間に決めてくれ」

みんなも護衛をしている関係上、男性用下着の売り場までついてきてくれたのだが、三人とも居心地が悪そうにそわそわしている。元の世界で言うと、男が女性用下着売り場にいるようなものだからな。

さすがに店員さんだけは女性であっても堂々と男性用の下着を案内してくれる。

……女性店員に男物の下着を案内させることは元の世界だと下手をすればセクハラになってもおかしくはないよね。なんとも言えない背徳感があるな。

（ちなみに、こちらの夜の勝負用下着が人気商品となっておりますよ）

（……こういうのが女性に喜ばれるんですか？）

小声で店員さんが勧めてくれた下着は装飾の付いた黒くて透けているブリーフ型の下着だった。

（ええ！　お客様のような綺麗《きれい》な男性がこれを穿《は》けば、意中の女性を悩殺できること間違いなしですよ！）

（……な、なるほど）

これを穿くことは元の世界の男としては大切ななにかを失う気がする……

さすがに男性用の勝負下着は購入せずに、他の服や下着や靴を購入した。

◇◇◇

「ここが私達のパーティハウスだ」

市場でいろいろ購入してから、俺を護衛してくれるみんなのパーティハウスまでやってきた。

パーティハウスは冒険者ギルドから十五分ほど歩いた場所にあり、頑丈そうで大きな家だった。これがこの世界の高ランク冒険者が住むレベルの家なんだな。

「お邪魔します」

「あっ、ソーマ、すまないが玄関で少しだけ待っていてほしい」

「うん、それは全然構わないけれど、どうして？」

「な、なに。いつも女三人で暮らしているから、ほんの少しだけ散らかっているんだ。片付ける時間がほしい」

……ああ、そういうことか。

俺の部屋も普段はめちゃくちゃ汚いし、異性には見られたくない物がたくさんあったりする。……主にエロ本とかね。

「もちろん大丈夫だよ。ここで待っているね」

「すまないな、すぐに終わらせる」

「やべ、俺もだ」

エルミーとフェリスは急いで家の中へ入っていった。家の中からはドタバタと音がしてくる。

「フロラは大丈夫なの？」

「私は見られて困るものは厳重に保管しているから大丈夫」

「そ、そうなんだ」

見られて困るものがないわけではないんだな。まあ、この年頃なら普通異性に見られたくないものはある。男女の貞操が逆転している世界の女性ならなおさらか。

「待たせたな。中に入ってくれ。家の中を案内しよう」

「うん、よろしく」

改めて思うが、今から女性三人が住んでいる家にお世話になるんだよな。

……なんだかドキドキしてきた。

「まずはここがリビングと台所だ。私達はあまり料理をしないから、台所はほとんど使わない」

「誰もまともに料理なんてできねえからな。まあ女三人ならしょうがねえけどよ」

こっちの世界では男性が料理をすることが多いようだ。

「そして上の階の四つの部屋がみんなの部屋だ。護衛という関係上、ソーマの部屋は私達の部屋のすぐ隣となっている。女三人に囲まれて不安かもしれないが、絶対に手は出さないから安心してくれ」

「うん、みんななら大丈夫だよ」

　みんなならそんなことはしないだろう。

「俺とエルミーはこの家の敷地《しきち》内に誰かが来たら気配で分かるし、フロラの魔法で侵入者も分かるようになっているから安心してくれ」

　すごい、さすがAランク冒険者！　元の世界の警備会社もびっくりするような安心安全のセキュリティのようだ。

「みんなすごいね、とても頼りになるよ」

「お、おう」

　フェリスが少し照れているようだ。普段男よりも男らしい態度をしているので、そのギャップもあってとても可愛《かわい》らしい。

（むしろ私達の理性が持つかの方が問題……）

（い、今のもかなり危なかったぜ……）

（ああ、ソーマはだいぶ無防備で天然だからな……フェリス、ソーマの水浴びを覗《のぞ》いたりなんかするなよ）

（わあってるよ。さすがにこれから一緒に暮らすんだから、なんとか我慢する。むしろエルミーのほうがこっそり覗いたりしそうじゃねえのか？）

（ば、馬鹿なことを言うな！　私はそんなことはしないぞ！）

（エルミーはムッツリだから、実は一番危険）

（そういうフロラだって怪しいぜ。実はこっそり覗いたりする魔法なんかあるんじゃねえのか？）

（残念だけれど、そんな便利な魔法は存在しなかった）

（一応探しはしていたのだな……）

　みんながなにやら小声で話している。あれかな、やっぱり女性三人のパーティハウスに男がお世話になるから、いろいろと心配事なんかもあるのかもしれない。

「ごほんっ、ソーマの部屋はこっちだ。部屋は自由に使ってくれ。まずは服を着替えてきたらどうだ？」

「そうだね、ありがとう」

　そういえばスライムにワイシャツを溶かされたから、今はまだエルミーに借りた服を着たままだ。市場で買ってきた服に着替えるとしよう。

「私達も身体《からだ》を拭いて着替えるか。着替え終わったら食事にしよう」

「うん」

確かにだいぶお腹《なか》が空《す》いた。結局こちらの世界に来てからまだ何も食べていない。お腹も空いて当然だ。

二階の部屋の中には机と椅子、箪笥《たんす》に大きめのベッドがあった。もしかしたら、来客用か新しいパーティメンバーが加わった時用の部屋なのかもしれない。

桶《おけ》と水とタオルを準備してくれていたので、それを使って身体を拭く。結構な距離を歩いて汗もかいていたのでとても気持ちが良かった。

買った服は長袖のシャツと茶色のズボンで、ベルトではなく紐《ひも》で縛るタイプだ。材質は絹ではないみたいだけれど、よく分からない。気温が少し高くて半袖とか短パンがほしかったりしたのだが、この世界の男性はあまり肌を見せないのが普通らしい。

着替えが終わって下の階に降りると、部屋の中から三人の声が聞こえてくる。

「ありがとう、着替え終わったよ……って、うわあああああ！」

「どうしたソーマ！」

「何かあったのか！」

「特に異常はないみたいだけど」

「三人とも服を着てくれ‼」

居間にある水を張った桶でタオルを絞り、身体を拭いていた三人。そして三人ともその上半身は裸であった。

昼にも見てしまったエルミーの大きくて立派な美しい胸、そしてサラシで隠されていたエルミーよりも更に大きいフェリスの胸、まだ成長期なのか少しだけ膨らみ始めているフロラの胸。リビングのドアを開けた先には夢のような光景が広がっていた。

なっ、なんという破壊力だ！

やはりエロ本や動画で見てきたものと、リアルな女性の胸では迫力がまったくちがう！

たとえどんな大きさであってどんな形をしていても、女性の胸というのはどうしてこうも男を引き付けてしまうのだろう。いや、もう興奮しすぎて、自分でも何を考えているのかよく分かっていない！

「ああ、防具の手入れが終わって、今汗を拭いているところだ。あと少しだけ待ってくれ」

「別に女の胸なんて見ても、面白くもなんともないだろ」

「ソーマは大袈裟《おおげさ》。気にしなくていい」

これからしばらく三人と一緒に暮らしていくとなると、気にしないなんて無理だ！

いかん、ここは別のことを考えろ！　男の僧帽筋が一つ、男の腹直筋が一つ、男の上腕三頭筋が一つ……駄目だ、破壊力が強すぎてまだ収まるのには時間が掛かる！

「ごめん、まずは服を着て！　ちゃんと説明するから！」

「あ、ああ、すまない」

「わ、分かったよ」

「了解」

三人とも俺があまりにも必死なので、素直に服を着に自分の部屋に戻ってくれた。今のうちに俺の興奮も少し落ち着いてくれそうだ。

とりあえず、異世界から来たことをこのまま黙っていたら、人並みの理性を持っているはずの俺でも何か問題を起こすに違いない。少なくとも三人には俺の事情をある程度説明しておかなければ、今後まともな生活すら送れないだろう。

◇◇◇

「すまないな、見苦しいものを見せた」

三人とも服を着て、リビングのテーブルに向かい合って座っている。

こっちの世界の女性物のシャツは布地が薄いため、二つの突起の場所が分かってしまうのだが、なんとか理性を保つしかない。

「みんなには伝えておきたいことがあるんだ。実は俺の故郷についてなんだけど、みんなの国とは少し……いや、だいぶ違って男女の力とか貞操観念が正反対なんだよ」

「んん、どういうことだ？」

うん、案の定三人ともよく分からないという顔をしている。

「えっと、信じられないかもしれないけれど、俺の故郷だと男性のほうが力は強くて、力仕事や危険な仕事は主に男性が行って、女性が料理や家事をするものなんだ」

「はは、なんだそれ？　そんな国があるわけねえじゃんかよ」

「……フェリス、ソーマの言っていることは本当」

「はあっ、マジかよ⁉」

そうか、こういうところで、フロラが嘘《うそ》か本当か分かってくれるのはありがたいな。

「俺の故郷だと女性のほうがあまり肌を見せないで、男の身体なんてまったく価値がないんだ」

「「はあっ⁉」」

「みんなからしたら、男の俺が上半身裸でいることはおかしいよね？」

「あ、当たり前だろ！」

「俺からすると女性のみんなが上半身裸でいることがおかしいんだ。……はっきり言うと、三人ともとても綺麗《きれい》な女性だから、三人の裸を見てめちゃくちゃ興奮した」

「「興奮っ⁉」」

話している俺のほうが恥ずかしくなってきた。というか、どう考えても現在進行形でセクハラしているんだよな。あなた達を見て興奮しているって、どう見積もっても変態宣言である。

「ソ、ソーマが私の胸を見てこ、興奮⁉」

あ、フロラがこんなに慌てているのを見たのは初めてだ。白い肌をあんなに真っ赤にして、とても可愛らしい。

「うん。だから俺が理性を失って、みんなを押し倒してしまってもおかしくはないんだ」

「ソ、ソーマがお、俺を押し倒す⁉」

「実際に俺は非力だから、そんなことできっこないけどね。でもみんながそれだけ俺には魅力的に見えるということは覚えておいてほしいんだよ」

「みみみ、魅力的⁉」

このまま黙って、命の恩人であるみんなをエロい目で見てしまうのはさすがに良心が痛む。たとえるなら、意図せずスカートがめくれているのを見てしまうような、何とも言えない罪悪感がある。

正直に俺の本音をぶつけてみたのだが、やっぱり受け入れられないかな。護衛役を辞めるとか言われたらどうしよう……

「こんなふうにみんなを卑猥《ひわい》な目で見てしまって、本当に悪いと思っている」

「い、いや、気にすることはない。そこはむしろ嬉《うれ》しく思うぞ！　……あ、いや、そうではなくてだな！」

「ああ、そこはむしろ大歓迎だな！」

「見たいならいくらでも見ていい！」

エロい目で見るのはいいのか……

そして今更ながら、もう一つの懸念《けねん》点がある。

「一つ聞きたいことがあるんだけれど、治療士や男巫《おとこみこ》の力って、童貞を失ったら、そのジョブの力まで失ったりすることはないの？」

「どういうこと？」

フロラの疑問はもっともだ。

「俺の故郷では、回復魔法を使える女性が処女を失うと、その力まで失うなんて話もあったんだ」

元の世界のファンタジーな物語の中で、処女を失うと聖女の力も失うなんて話はいくつかあったはずだ。この世界ではさすがにジョブを失うなんてことはないのかな？

「ソーマの故郷ではそんな話があるのか⁉」

「少なくとも治療士の場合はそんなことはねえはずだぜ。治療士のほとんどは女に苦労することはねえからな」

「ただ男巫となると、そもそも数が少なすぎて分からない。他の国にいる男巫も情報封鎖されていて、結婚しているのかも公表されていなかったはず」

「なるほど……」

とりあえず治療士は問題なしか。物知りなフロラでも知らないとなると、男巫についての情報を調べるのは難しいようだ。それに聖男《せいだん》については余計に情報を調べるのは難しそうである。

強大な力を持つ反面、童貞を失ったらその力のすべてを失うとか、ない話でもなさそうなんだよな。

それについては詳しく調べてみなければならない。こんな素晴らしい世界なのに、一生童貞なんて絶対に嫌だぞ！

「明日ターリアさんにも相談してみるよ。少なくとも、それについてある程度情報が集まるまでは俺が我慢しないといけないから、みんなには俺のことをある程度戒めてほしい。このままだと、すぐに誘惑に負けてしまいそうだからね」

とりあえず、ターリアさんにいろいろと調べてもらおう。王都にも情報を集めてもらってもいいかもしれないな。

この世界は誘惑が多すぎる。このままだと、俺の理性がいつまで持つか分からない。

「そうか、そういう事情ならば、私達も協力させてもらおう」

「そうだな。とりあえず、情報が集まるまでは、他の女を近付けさせなきゃいいってことだろ」

「ソーマに他の女は近付けさせない！」

あくまである程度の情報が集まるまでだからね！

「あと、もし俺におかしなところがあったら教えてほしいんだ。俺も故郷にいた頃の感覚で、上半身裸で家の中をうろついちゃいそうなんだよね」

「そ、それはやめてくれ!? お、俺だって理性が持つか分かんねえよ！」

「それならそれで、俺としても構わないんだけど」

「んな!?」

「ばば、馬鹿なことを言うな！　そんなことを、女ならともかく、男が言うものではないぞ！　あっ、いや、ソーマの故郷では男性がそういうことを言うのか。くっ、ややっこしい！」

そうだよな。俺でもまだ混乱するもん。

「ごめん、そういう言い方も良くないんだよね。うん、俺もできるだけみんなのことをそういう目で見ないように、同性の友達を見るように努力するよ」

今はみんなを異性としてエロい目で見すぎてしまっているからな。元の世界の同性の友達に発情することなんてないし、当分の間は男の友達として見るように努力したい。

「それは全然構わないのだが……いや、そのような事情なら、少なくともしばらくの間、私達もソーマに対して、そういう目で見るのはやめたほうがいいのだな」

「……なんとか我慢する。ソーマと出会った時から、あんなに男性として無防備だった理由がよく分かった」

「分かった、このことは誰にも言わないし、できる限りフォローする」

「ああ、俺も協力するぜ」

「みんな、本当にありがとう。これからもよろしくね」

「ああ、こちらこそよろしく頼む」

どうやら三人に見限られたわけではなさそうだ。内心では結構ビクビクしていた。

「そうだ、エルミー。服を貸してくれてありがとう。できれば洗って返したいんだけれど」

「あ、ああ。こ、こちらで一緒に洗っておくから、そのまま預かるぞ」

「そっか、洗濯物はまとめて洗うんだね」

さっきまでエルミーから借りていた服をエルミーに返した。なぜかちょっとだけエルミーの顔が赤い。

「……エルミー、あとでソーマの着たシャツの匂いを嗅いだりするなよ」

「ななな、何を言っているんだフェリス！　だ、誰がそんなことをするか！」

「ムッツリエルミーは分かりやすい」

「フ、フロラまで何を言っているんだ！　ソ、ソーマ、私はそんなことはしないからな！」

「う、うん。もちろん分かっているよ」

いや、もちろんそんなことはしないと思っているけれど、さすがにそんなに動揺すると逆に怪しまれると思うのだが……

みんなに事情を話して、晩ご飯を食べてからしばらくすると、冒険者ギルドから職員がやってきて、治療士に関する資料を持ってきてくれた。部屋へ戻り、蝋燭《ろうそく》と月明かりを頼りに冒険者ギルドからもらった治療士についての資料を読む。

「治療士の使える回復魔法はヒール、キュア、エリアヒール。聖魔法は浄化魔法のピュリフィケーション、障壁魔法のバリアが使える。そしてその上級職の男巫だと、ハイヒール、ハイキュア、ハイエリアヒールを使用できる、か……」

とりあえず魔法を実際に使って確認してみた。ナイフで自分の指を傷付けてから回復魔法をかけてみるという方法だ。

ハイヒールやハイエリアヒールも使えたのだが、普通のヒールとの違いが分からなかった。さすがに自分から大怪我《おおけが》をするわけにもいかない。ヒールの場合は対象箇所を、エリアヒールの場合は範囲を指定するようだ。

浄化魔法は服や身体《からだ》の汚れなども落とすことができて、アンデッド系の魔物にも効果があるらしい。状態異常回復魔法のキュアはさすがに今は試すことができない。

障壁魔法は半透明の壁、バリアを出せる魔法だ。借りたナイフでバリアを攻撃してもビクともしなかった。この魔法が唯一俺自身の身を守る魔法のようだから、他の魔法以上に練習をしておくとしよう。

一通りの魔法の確認を終えて、まだ少し早いがベッドに寝転がる。多少は硬いが寝られないというほどではなさそうだ。さすがに今日はいろいろとありすぎたので、すぐに意識を失うように眠りに落ちた。

第二章　回復魔法と男神《おがみ》

「ふあ～あ……」

目が覚めると、そこは見慣れない部屋だった。昨日の出来事がすべて夢だったなんてことはないようだ。

いかんいかん、もう切り替えていかないとな！　よし、これから俺はこの世界で生きていくんだ。気合を入れていくとしよう！


下の階に降りると、すでにみんな揃《そろ》っていた。

「おはよう！」

「ああ、おはよう」

「おはよう」

「おう。もうすぐ昼になるけれど、ぐっすり眠れたようで何よりだぜ」

「えっ、もうそんな時間なんだ⁉」

俺の部屋には時計がない。朝陽の光で目覚めたと思っていたら、もうだいぶ遅い時間だったらしい。

「いきなり見知らぬ土地に来てしまったんだし、昨日は疲れていて当然だ。ギルドマスターからはゆっくり休ませてやれと言われているから大丈夫だぞ」

「そうなんだ。でも、もう大丈夫！　もし明日から俺がなかなか起きてこなかったら、引っ叩《ぱた》いてでも起こしてくれていいからね」

「あっ、いや!?　さすがに男性の部屋に勝手に入るわけにはいかないからな。そうだな、部屋をノックして声をかけるとしよう」

……そうか、こっちの世界ではそういう認識なんだな。改めて思い出した。

朝食兼昼食をいただいた。みんなもわざわざ俺が起きるのを待っていてくれたようで、本当に申し訳ない。

食事を終えて、三人に囲まれながら冒険者ギルドに向かう。今日からいよいよ治療が始まる。

冒険者ギルドへ到着すると、なぜかギルドの入り口に溢《あふ》れんばかりの人が集まっていた。

えっ、まさかあれ全員治療を希望する怪我人なのか⁉

「おお、あれが噂《うわさ》の男神様か！」

「あれが黒髪の天使……なんて美しいんだ！」

「なんでも一瞬で瀕死《ひんし》の怪我人を治したらしいぜ。それにほとんど金を取らなかった慈悲深い男性らしい！」

「はあ？　治療士なんてどいつもこいつも金の亡者《もうじゃ》に決まってんだろ。治した後に白金貨二枚とか言われるんじゃねえのか？」

……ＳＮＳもないこの世界で、よくたった一日でここまで噂が広がったものだよ。見たところ怪我をしていない人や、冒険者じゃないような人達も多いから、噂を聞いた野次馬達がだいぶ集まってきているのかもしれない。

「おお、来てくれたか。まずはこちらの部屋に頼む」

人の波をかき分け、なんとか冒険者ギルドの中に入ると、ターリアさんに部屋へと案内された。

「とりあえず、命の危険がある重傷者達を隣の部屋に集めておいた。昨日ソーマ殿が決めた条件も事前に伝えてある」

「ありがとうございます。遅くなってしまってすみません」

　ゆっくりと昼まで寝ている暇なんてなかった。冒険者ギルドの前には野次馬だらけだったが、冒険者ギルドの中には怪我人が大勢いる。

　そして隣の部屋からはうめき声が聞こえていた。きっと藁《わら》にも縋《すが》る思いで怪我した身体を引きずり、ここまでやってきたのだ。のんびり寝坊していた今朝の自分をぶん殴ってやりたい。

「なに、いきなり見知らぬ土地にやってきたのだ。それに昨日は魔物や盗賊にも襲われて疲れていて当然であろう。無理をして、治療に影響が出てしまうほうが問題になる」

「すぐに治療を始めます！」

「その前にいくつか約束してほしい。まず絶対に無理はしないでほしい。怪我人を治療することは大事だが、それで無理をしてソーマ殿が倒れてしまっては元も子もない。魔力を使いすぎると命の危険もある。それに今すぐ治療しないと助からない重傷者が運ばれてくるかもしれん。常に多少の魔力は残しておいてほしい」

「はい、分かりました」

　そうか、もしかしたら昨日みたいに、ここにいる人よりも重傷な患者が運ばれてくるかもしれないんだ。多少の魔力は常に残しておかないといけないないんだな。

……しかし魔力の残りとか、どうすれば分かるのだろう。この世界だとステータスとかが見られないから、具体的にどれくらい魔力が残っているのか、よく分からないんだよな。

昨日魔法をいろいろと試した時には、魔力が枯渇《こかつ》するような感覚は一度もなかった。魔法を使った直後は少し走った後のような疲労感があるが、それもすぐに回復した。もしかしたら、かなりの速度で魔力が回復しているのかもしれない。

「それともう一つ、男巫《おとこみこ》が使えるというハイヒールは使わないでほしい。資料によると、ハイヒールを使えば、千切れた足や手などの部位欠損すらも回復できると書いてある。ソーマ殿のジョブが男巫であることはできる限り秘密にしておきたい。国にだけは報告をしている最中だが、なにせこの国に一人もいない男巫だ。男巫と分かればソーマ殿に手を出そうとする輩《やから》も出てくるかもしれない」

「……でも、治せるかもしれない人達を治さないんですか？」

治せる可能性のある人達を治療しない。なんだかそれはちょっと嫌だな……

「あくまでしばらくの間だけだ。国からの指示が問題ないようなら、その時こそお願いしたい。それにこれは私達からのお願いだ、ソーマ殿が気に病む必要などまったくない」

「分かりました」

たぶんターリアさんは俺のことを心配してくれているのだろう。昨日も俺を心配してくれていたのに勝手なことをしてしまったし、今度はちゃんとターリアさんの言う通りにしよう。

「おお、あれが黒髪の天使様か！」

「おい、もしかしたら助かるかもしれねえぞ！　あと少し気合を入れろ！」

「男神様、どうかお願いします」

隣の部屋には大きな怪我をしている人達が集められていた。中には自分一人では歩けずに付き添いの人に手を貸してもらっている者や、喋《しゃべ》ることができずに寝たきりになっている重傷者もいる。

「ひゅー……ひゅー……」

「うう、痛《いて》え……」

「治療士様、どうか、どうかこの子をお助けください！」

「お願いします、どうか妻をお救いください！」

怪我をした人や付き添いの人達の視線が俺に集まる。そして怪我をしている子供の母親や、包帯だらけの妻を想《おも》う男性など、大きな期待が俺一人に注がれた。

……怖いな。こんなに期待してくれているのに治療ができなかったらどうしよう。それに俺の回復魔法が悪い方向に働いてしまわないか、不安になってくる。

いけない、足が震えてきた。手足が千切れている人、腹の傷から溢れた血が包帯を真っ赤に染め上げている人、傷口が変色し始めて見たこともないような色になっている人。こんな大きな怪我を、昨日初めて回復魔法を使えるようになった俺なんかが治せるのだろうか？

「ソーマならきっと大丈夫だ！」

「別に治せなくたって、ソーマのせいじゃねえよ。あんまり気張りすぎんな！」

「治療がうまくいかず、この人達が逆上して攻撃してきても、私達が必ずソーマを守る！」

「……みんな、ありがとう！」

護衛で一緒にいるみんなが力をくれる。さっきまで不安で震えていた足が、いつの間にか止まっていた。そうだ、みんな俺なんかを信じて支えてくれている。

頼むぞ神様、ここにいる人達を治せる力を俺に貸してください！　みんなを助けられる力を！

「エリアヒール！」

俺が範囲型の回復魔法を唱えると、神々《こうごう》しく眩《まぶ》しい緑色の光が部屋中を埋め尽くした。

「うそ、痛くない……」

「あれ、お父さん……ここどこ？」

「おお、目が覚めたのか！」

「し、信じられない、あれだけの大怪我《おおけが》が⁉」

「奇跡だ！　これは奇跡だ！」

◇◇◇

エリアヒールの効果が発動し、この部屋にいた人達の怪我は、すべて治すことができたようだ。しかし、事前に聞いていた通り、千切れた手足などは元に戻っていなかった。

「ソーマ、本当に凄《すご》いぞ！　みんな治っている！」

「すげえな！　これ全部お前のおかげだぜ！」

「ソーマ、体調は大丈夫？」

「俺のほうは大丈夫だよ」

「何を言っているんだソーマ殿！　とにかく椅子に座ってくれ。エリアヒールとはいえ、あれだけの人数を一気に治療したんだ。しばらくはゆっくりと休んでくれ」

「はい、分かりました」

確かに魔法の練習をした昨日と比べたら疲労感はあるが、少しの距離を全力疾走したような感覚で、休めばすぐに回復しそうな気配だ。とはいえ、今はターリアさんに従って、少しだけ座って休ませてもらうとしよう。

「治療士様、本当にありがとうございました！　おかげさまで魔物にやられた腹の傷が治りました！」

「ありがとうございます！　治療士様のおかげで事故のあと、ずっと寝たまま動けなかった娘が目を覚ましました！」

怪我が治った人やその付き添いの人達がお礼を言ってくれた。その誰もが顔をクシャクシャにして涙を流して喜んでいる。

「皆さん、本当によかったです。ですがしばらくは絶対に安静にしていてくださいね」

「はい！　本当にありがとうございました！」

「治療士様、あなた様のおかげで落盤事故に巻き込まれて負った怪我が治りました。感謝致します！」

「それはよかったです。……ですが、その千切れた手までは元に戻すことができませんでした。俺の力不足で本当に申し訳ないです」

「何を仰《おっしゃ》いますか⁉　手などよいのです。命に比べれば些細《ささい》な問題でございます！　起き上がることもできず、このまま朽ちていくだけの私をあなたは救ってくださいました。この御恩は一生忘れません！」

違うんだ、本当はハイヒールで治せるかもしれないんだよ。

……よし、いつか絶対にこの人達の怪我は治してみせるからな！

「あ、あの、治療士様。本当に治療費は金貨十枚でよろしいのでしょうか？　別の治療士様ですと白金貨一枚は必要と聞いたのですが……」

「ええ、俺には金貨十枚でも多いくらいなので、それで大丈夫ですよ」

「おお……感謝致します！」

「白金貨一枚を貯《た》めるまでまだまだ時間がかかると思っておりましたが、治療士様のおかげで娘が目を覚ましました！　こちらは娘の治療のためにずっと貯めていた金貨五十枚です。どうか受け取ってください！」

「いえ、そのお気持ちだけで十分です。金貨十枚だけありがたくいただきたいと思います。もしもそれで足りないと思うのなら、俺が困った時にぜひ力を貸してください」

というか本当に金貨十枚でも多いんだよ。エリアヒールで八人を治療したから、今の一瞬で約八十万円だぞ。一高校生がそんなに金をもらってどうしろというんだ。

「まさに聖人のようなお方だ。この御恩は一生忘れません！　ソーマ様に何かありました時は、命を懸けてでもこの御恩を返すと誓います！」

「俺もだ！」

「私も誓います！」

「男神様《おがみ》、俺も誓います！」

……なぜか治療した患者やその家族だけでなく、ギルドマスターや蒼《あお》き久遠《くおん》のみんなまで俺に跪《ひざまず》いている。命まで懸けないでいいから！

◇◇◇

「ソーマ殿、これで今日集めた重傷患者は全員治療が終わった。今日はもう大丈夫なので、家に戻ってしっかり休んでくだされ」

「え、俺はまだ大丈夫ですよ。まだ治療を待っている人はいますよね」

まだ日は暮れていないし、患者さんはまだまだいる。

「どちらにせよ一日でどうにかなる患者の数ではないからな。それよりも、あれだけの重傷者を治療したのだ。エリアヒールを今日だけで六回も使用している。いくら男巫であってもこれ以上は無理をしないでほしい」

確かに先ほど見た残りの患者は手足の骨折や切り傷、火傷《やけど》などで、すぐに命がどうなるというわけではなさそうである。

最初の治療で一度エリアヒールを使った後、三、四十分休憩した後にまたエリアヒールを使うということを繰り返してきた。感覚的に休憩はそんなにいらないと思ったのだが、ターリアさんやみんなに止められてしまった。

「分かりました」

確かに今日が初めての治療だし、回復魔法の仕組みなんてまったく理解していないので、大人しくターリアさんの指示に従う。

今のところ俺の体調に問題はなさそうだが、残りの患者さんの命に別状はないのならみんなの言う通り、今日はここで治療をやめておいたほうがいいのかもしれない。これで明日も体調が問題なければ、少しずつ治療する人の数を増やしてもらおう。

「治療士様、治療は終わりなのでしょうか⁉」

「どうか金貨十枚での治療をお願いします！　私達には白金貨一枚なんて大金は用意できません！」

「頼む、どうか助けてくれ！」

ギルド職員から今日の治療の終わりを聞いたのか、まだ治療が終わっていない患者達が殺到してくる。

「今日の治療は終わりだが、明日以降もソーマ殿は治療を続けてくださる。もちろん金貨十枚でだ！　だが今日の噂《うわさ》を聞いて、明日はもっと多くの重傷者が集まってくるだろう。怪我が軽い者の治療は数日後になると思われる。それとソーマ殿にはAランク冒険者パーティの護衛がついている。街などで出会って騒ぎ立てて、ソーマ殿の護衛の邪魔をしないようにしてほしい。このことをしっかりと他の者にも伝えてくれ」

ギルドマスターのターリアさんから説明が入る。そうか、確かに街の中で治療してくれと頼まれて、それを治したら更に人が集まって、大騒ぎになってしまう。

「分かったぜ、ギルドマスター。ここにいないやつにも伝えておく！」

「お前ら、ソーマ様に迷惑だけはかけないようにするぞ！」

「ソーマ様、明日どうぞよろしくお願いします！」

どうやら今日治療できない怪我人も納得してくれたらしい。暴動みたいにならなくて本当によかった。

「ソーマ、とても格好よかったぞ！」

「ああ、すげえ活躍だったな」

「すごい回復魔法だった」

「ありがとう、みんなも護衛してくれて助かったよ」

冒険者ギルドからの帰り道をエルミーとフェリスとフロラの四人で歩いている。たまに遠くから俺の噂を聞いた人達がこちらを見て何かを話しているが、今のところは誰も近付いては来ない。

今俺は金貨百枚もの大金を持っている。今日治療した人は五十人もいた。一人金貨十枚で合計金貨五百枚、たったの一日で日本円にして五百万円もの大金を手に入れてしまったのだ。

後払いにした人の分は断ったのだが、ターリアさん達冒険者ギルドが立て替えという形で払ってくれた。残りの金貨四百枚は冒険者ギルドに預けてある。……というか単純に金貨五百枚とか重すぎて持てない。

「今日はいろいろと市場を回ってみたいんだけれど大丈夫かな」

「ああ、ソーマのことは私達が守る！」

「そうだぜ、護衛は任せておけ！」

「ソーマに近付くやつらは皆殺し！」

三人とも頼りになって、簡単に惚《ほ》れてしまいそうだ。でもフロラ、冗談だと思うけれど、近付くだけで皆殺しはやめようね。

「やっぱりすごいな〜」

昨日も市場に寄ったのだが、必要最低限の物を買うだけだったからな。お金も貰《もら》ったことだし、今日はいろいろと買ってみよう。それにお世話になったみんなにもお礼がしたい。

「今日のご飯は俺にご馳走《ちそう》させてよ。昨日は魔物や盗賊から助けてもらったからね」

「いや、か弱い男を助けるのは女として当然だ。それに男性であるソーマにご馳走になるわけにはいかないな。むしろここは私達が出そう！」

……そうか、こっちの世界だと男性が女性にご飯を奢《おご》ったりはしないのか。むしろ逆になるらしい。

「俺の故郷では男性が女性に奢るのが普通なんだ。だから、今日は俺にご馳走させてよ」

「っ⁉　ソ、ソーマ！　か、顔が近いぞ！」

「あ、ごめん！」

俺の故郷の話を聞かれないように、エルミーの耳元に話しかけたのはまずかったらしい。

確かに俺も女の子が耳元で話しかけたらドキッとしてしまう。

「……ずりーな」

「……エルミーだけずるい」

そんなこんなで可愛《かわい》い女性三人と買い物を楽しんだ。結局俺が押し切って三人にご馳走した。可愛い女性とデートをしているようで幸せな時間を過ごすことができたぜ。

……まあ三人とも俺の護衛でついてきてくれているという現実はこの際置いておくとしよう。

◇◇◇

「よし、たぶん今日は早く起きられただろ」

今日はまだ日が昇ってすぐの時間帯に起きられた。

「ソーマ、おはよう。こんなに早く起きて大丈夫なのか？」

「おはよう、エルミー。昨日は早く寝たし、疲れも残っていないよ」

下の階のリビングに降りると、すでにエルミーが起きていた。ここは物騒な世界だからな。朝から居間で剣の手入れをしていても気にしてはいけないな、うん。

「フェリスとフロラはまだ寝ているんだね」

「ああ、いつも二人が起きて来るのは、もう少しあとになるな」

「そっか。それじゃあ昨日も言っていた通り、今日は俺が朝ご飯の準備をするよ」

「本当にいいのか？　ソーマはお客様だ。わざわざ食事の用意などしなくてもいいのだぞ」

「俺の趣味みたいなものだからね。それに時間潰しにはちょうどいいよ」

「まあ、ソーマがそう言うのならいいのだが……」

日本にいた頃、両親は共働きだったため、俺が晩ご飯を作ることもよくあった。まあ主に晩ご飯を作っておくと小遣いがもらえたという理由なんだけどな。だけどそのおかげで簡単な料理くらいならできる。

そして何より、この世界では時間を持て余してしまうのだ。みんなはパーティハウスに帰ってからも、広い庭に出て交代で訓練をしたり、パーティハウスの警備体制を整えたり、武器や防具の手入れなどをしていた。しかし、俺の場合は魔法の練習以外にすることはない。俺の時間潰しと、食生活改善の一挙両得作戦でいこう。

「……おはよう」

「おはよう、フロラ」

フロラも起きてきたみたいだ。まだ眠いのかボーっとしながら目を擦《こす》っている姿が可愛らしい。……朝からとても癒《いや》されるな。

「……ふあ～あ、おっす」

「おはよう、フェリス……って下、下穿《は》いてえええええ！」

フロラと同じように目を擦って階段を降りてくるフェリス。しかし彼女は上にサラシを巻いていたが、下はパンツ一枚であった。上はサラシで下はパンツ姿の巨乳美女……

こ、この破壊力はヤバすぎる‼

「ん？　昨日散々言われたから上はちゃんと着てきたぞ。これでいいんだろ？」

いいわけあるか！　完全に寝ぼけている！

「下もちゃんと穿いて！　昨日も話したけれど、今のフェリスは俺がパンツ一枚で歩いているのと同じ状況なんだよ！」

「ソ、ソーマがパンツ一枚⁉　そいつはやべえじゃねえか⁉」

「バ、バカフェリス！　さっさと着替えてこい！」

「わ、悪い！」

フェリスはバタバタと階段を登って自分の部屋に戻っていった。

ふう〜落ち着け。男友達のパンツを見ても動じないだろ、どうか鎮《しず》まり給《たま》え！

……どうやら先はまだまだ長いらしい。

「いやあ、すまん！　次からは気を付ける」

元の世界ならラッキースケベは大歓迎なのだが、みんなは恩人だし、何より元の世界と貞操観念が反対で、無意識にやっているから罪悪感がすごいんだよ。

「まったく、気を付けるんだぞ」

「おう、任せておけって！　それにしても今日の朝飯は豪華だな！」

「ああ、朝早くからソーマが準備してくれたんだ」

「ソーマは料理できるの？」

「うん、少しだけね。両親の帰りが遅いから、たまにだけど、晩ご飯とかは俺が作っていたんだ」

「それではいただくとしよう」

さて、元の世界の料理はこちらの世界の人の舌に合うのだろうか……

「おお、こりゃうめえ！　ただの野菜のはずなのに、このソースがあるだけで全然違う味だ！」

「こっちの肉もうまいぞ！　しょっぱいような甘いような辛《から》いような不思議な味付けだ！　これはパンにもよく合うな！」

「こっちの料理も美味《おい》しい！　とても優しい味！」

この反応を見ると元の世界での味付けでも大丈夫そうだな。俺も屋台で買ってきた料理よりも自分で味付けをしたこっちの料理のほうが好きだ。

「ソーマはいい婿になりそう」

「…………」

みんなの料理への評価は上々だったが、最後のフロラの評価だけは嬉《うれ》しくなかった。

◇◇◇

「……なにこれ？」

朝食を取り終わったあと、三人と一緒に冒険者ギルドに向かったのだが、冒険者ギルド前には昨日の三倍以上の人が集まっていた。

「おお、あれが噂《うわさ》の黒髪の天使様か！　確かにすげえ綺麗《きれい》だ！」

「治療費はたったの金貨十枚で、支払いをしばらく待ってくれるって聞いたぞ！　まさに男神《おがみ》様じゃねえか！」

「そのうえ誰にでも優しくて、金を積んでも横入りとかはさせねえんだとよ！」

「しかも昨日は百人以上も治療したって噂だぜ！　普通の治療士の五倍以上も治療できるんだとよ！」

……なんだか噂にものすごく尾ひれが付いている。俺が治療できたのはその半分くらいだぞ。しかし、ここまで噂が広がるとは、異世界の情報網をなめていた。

「治療士様、どうかお助けください！」

「頼む、この怪我《けが》を治してくれ！」

ヤバいな、昨日ギルドマスターが伝えたことを聞いていなかった人達が詰め寄ってきそうだ。

「静まれ！」

フェリスが盾を構え、フロラも杖《つえ》を構える。そしてエルミーが剣を地面に突き刺して大声で叫ぶ。

「安心するがいい、ソーマ様は全員を平等に治療してくれる！　みんなは焦《あせ》らずに順番を待ってくれ。騒ぎ立ててソーマ様に迷惑をかけてはならない！」

「は、ははあ！」

「す、すみませんでした！」

……お、おう。すごい迫力だな。近寄ってこようとしていた人達が全員その場で止まり、一部の人達はその場に平伏《ひれふ》した。少なくとも、俺よりエルミーのほうがカリスマ性を持っていることは間違いない。

エルミーのおかげで、暴動が起きることなく、無事に冒険者ギルドの中に入ることができた。

「よし、今日はこれくらいにしておこう」

「はい」

今日は朝から治療を始めていたこともあって、七、八十人くらいの怪我人を治療した。そのおかげもあって、治療のために冒険者ギルドに集まっていた人達の大半の治療を終えることができた。

昨日今日で来られなかった人達も噂を聞いてやってくるかもしれないが、これで今日以上の怪我人を治療しなければならない、なんてことはなくなるだろう。

「明日には冒険者ギルドの隣に仮設の治療所ができる予定だ。患者の数も少しは落ち着くだろうから、治療はそちらのほうで頼む」

そういえばここは冒険者ギルドなんだよな。確かに連日これだけの人がここを訪れてしまうと、冒険者ギルドの業務に支障をきたしてしまう。

「分かりました。そんな建物まで建ててもらってすみません。というか治療費は全部俺がもらっているわけですから、俺がお金を出します」

治療費の金貨十枚は俺がすべてもらっているし、後払いのお金まで冒険者ギルドが先に俺に支払ってくれている。

エルミー達蒼《あお》き久遠《くおん》の冒険者パーティへの護衛の依頼料も払っているし、そのうえ治療所の建設費用まで出してもらっていては、冒険者ギルドだけが丸損になってしまう。

「はっはっは。気にする必要はない。ソーマ殿がたった金貨十枚で治療をしてくれて一番利益を受けているのは、何を隠そう冒険者ギルドなのだ。昨日今日だけで、今まで怪我で活動できなかった大勢の冒険者が復帰した。本当に感謝している」

確かに治療をしてきた人達の大半は冒険者だった。怪我が治れば、冒険者に復帰する人達も大勢いるだろう。

「なるほど、冒険者ギルドの役に立てていたならよかったです」

それでも今の段階ではまだ全然赤字だろう。少しずつだが、今後も冒険者ギルドのみんなの役に立てていけるといいな。

◇◇◇

コンコンッ

「はい?」

あれ、こんな夜に誰だろう?

今はもう晩ご飯も食べ終わって、二階の自分の部屋で魔法の練習をしていたところだ。

「……おう、俺だ。夜遅くに悪いな。ちょっと話をしてもいいか？」

「ああ、フェリス。もちろん大丈夫だよ」

一瞬夜這《よば》い？　とか思ってしまったが、夜這いならこっそりと部屋の中に入ってくるはずだ。

「俺が言うのもなんだが、夜に女を部屋に入れるなんて、いくらなんでも不用心すぎるぞ……」

「みんなを信用しているから大丈夫だよ。それにそんな気があるなら、自分から言わないでしょ」

フェリスは俺よりも少し年上のお姉さんだ。長身でモデルのようにグラマーな体型をしており、何よりその胸がとても大きい。元の世界なら、間違いなくすれ違った男が振り返るくらいの美人だ。そんなフェリスと二人きりで少しドキドキしている。

「はあ……相変わらずだな。ちょっとソーマに相談したいことがあるんだよ」

「うん、もちろん大丈夫だよ。そっちのベッドに座って」

「だ、だからそう簡単に女に男のベッドを勧めたりすんなよ！　おっ、俺はこっちの椅子に座るから大丈夫だ」

そうか、こっちの世界だとそうなってしまうのか。顔を赤くして目を逸《そ》らすフェリス。普段とのギャップもあってか、とても可愛《かわい》らしい。

「相談ってのは、俺の胸のことなんだ」

「胸？」

「あっ、ああ。ソーマの世界だと、男は女の胸に興味があるって言っていたよな？」

「……うん、そうだよ」

思春期真っ盛りの男子高校生で、女性の胸に興味がないやつなどいないと断言できる！　俺もなるべく意識しないようにしてはいるんだけれど、女性の胸にはいかんともしがたい吸引力がある。

「そ、そうか！　それで……その……俺の胸ってのは他の女よりもかなりデカいと思うんだが、ソーマはこんな邪魔な胸でも興味があったりするのか？」

「邪魔だなんてとんでもない！　もちろんフェリスの胸にはめちゃくちゃ興味があるよ！　大きくて、柔らかそうで、興奮する！　でもフェリスの胸だけじゃなくて、形の良いエルミーの胸や成長途中のフロラの胸にだって興味しかない！　女性の胸には夢や希望がたくさん詰まっているんだよ！」

「おっ、おう……」

あっ、やべ！

男である俺が女性の胸への想《おも》いを正直に熱く語りすぎてしまった……さすがにこれはフェリスに幻滅されてしまっただろうか？

「そっ、そうか。こんな重くて戦闘の邪魔になるだけの女の胸でもいいのか。へへっ、それならよかったぜ！」

よかった。どうやら幻滅はされていないらしい。むしろ、とても嬉しそうにしている。

しかし、こちらの世界の男は胸の大きな女性は好みではないのか……たぶん元の世界で女性が男の胸の大きさに興味がなかった感覚と同じなのかもしれない。

「逆に聞きたいんだけれど、男の胸なんて大きくも柔らかくもないし、何がそんなにいいの？」

「何言ってんだよ！　こんな脂肪の塊なんかよりも、引き締まって弾力とハリがあって、筋肉が適度にある男の胸なんて比べものにならねえじゃねえか！」

「あっ、うん。そうなんだね……」

フェリスの説明に熱が入っているが、今の俺にはさっぱり伝わってこない……

さっきまで俺も今のフェリスのように、目をキラキラさせながら女性の胸について語っていたのだろうか？

「ソ、ソーマ。もし俺の胸に興味があんなら、お互いに、さ、触りあったりしねえか……？」

「っ⁉」

今フェリスは何と言った？

お互いに胸を触りあう？　そうか、お互いに異性の胸に興味があるのなら、お互いに触りあってもいいはずだ。元の世界で触りあいっこするようなシチュエーションのエロ本があったな。

……いや、男友達として接すると決めたはずだ！　男友達同士でそんなことは絶対にしない。でも一度でいいからお互いに触りあいたい！　ああ、どうすればいいんだ……

「そこまで！」

「って、うわ、フロラ⁉」

「フ、フロラ⁉　いつからそこにいやがったんだよ！」

いつの間にか俺の部屋の扉が開いており、ドアの隙間からじっとこちらを見てくるフロラの姿があった。

「ソーマがフェリスにベッドに座るように言ったあたりから」

「あ、うん……本当に最初の最初からいたんだね」

確かその話をしたのは、フェリスが俺の部屋に来てすぐのことだったはずだ。

「な、なんで……」

「パーティハウスに誰かが入れば分かるのとは別に、ソーマ以外の誰かがソーマの部屋に入れば分かる魔法も仕掛けてあった」

おお、いつの間にそんな魔法を仕掛けてくれていたんだ！

「エルミーかフェリスが抜け駆けしようとしていたら、すぐに分かるようにしておいた」

……あっ、そっちのためか。

「ぬ、抜け駆けなんてしてねえぞ！　ちょっとソーマに相談していただけだ！」

「相談してお互いに胸を触りあう？」

「…………………」

すでにネタは上がっているというやつだな。

しかし、危ないところだった。エロ本とかのシチュエーションだったら、お互いに胸を見せ合ったりしたら、そのまま最後まで行っちゃうことが多かったもんな。

「それがありなら、私にはソーマのお尻を触らせてほしい！」

「……んん？」

今フロラはなんと言った？　いや、さすがに気のせいだよね？

「男性のお尻、実際に触ってみたい！」

「…………」

俺の気のせいではなかった……というかアルベルさんもフロラも、男の尻のどこにそれほどの魅力を感じるのだろうか？

「アルベルさんも触ってきたけれど、男のお尻ってそんなにいいものなの？」

「引き締まっていながら柔らかそうで、その曲線美が見ていて飽きない。ハリと弾力があってムチムチとした触感がいいと書いてあった。個人的には安産型のお尻がいい！」

「……なっ、なるほど」

おっ、おう……先ほどのフェリスと同じように、男の尻について熱く語っている。どうやら男の尻にもいろいろとあるようだ。というか安産型ってなに⁉　男は子供なんか産めないけれど、要は大きな尻がいいということなのかな。

フロラの見た目は中学生くらいの小柄な美少女だから、触れるだけでもなんとなく罪悪感がある。とはいえ、女性のお尻を触りたいか触りたくないかで言えば、間違いなく触りたいと答えるのが思春期の男子高校生である。

「……二人とも、何をしている？」

「「「…………」」」

俺が二人の抗《あらが》いがたい誘惑に負けてしまいそうになったその時、いつの間にかエルミーがものすごい形相で、俺の部屋の前に立っていた。そしてその右手にはロングソードが握られている。さすがに三人で騒ぎすぎてしまったようだ。

「あ〜えっと、これはだなあ……」

「私はフェリスが抜け駆けをして、ソーマの部屋に入ったのに気付いて止めにきた」

「あっ、こらっ、裏切るなよ！　フロラもソーマの尻を触ろうとしていたぜ！」

二人ともエルミーにとてもビビっている。フェリスは大盾を持っていないし、優秀な魔法使いのフロラもこの近距離ではエルミー相手に手も足も出ないのだろう。

「ごめん、エルミー。俺もつい流されそうになっちゃって……」

「ああ、ソーマは何も悪くない。いきなり男女の感覚が逆の世界に来てしまえば、異性の誘惑に抗えないのは当然だからな。問題はそうと知っていてソーマに手を出そうとして、あまつさえ抜け駆けはしないと約束したのに、私だけ除《の》け者にしようとしたこの二人だ！」

エルミーが鬼の形相をしている……

どうやら自分だけが除け者にされていたことが許せなかったらしい。

「私だってソーマの太ももで膝枕させてもらいたかったのに！」

……いや、男である俺の膝枕くらいだったらいくらでもしてあげたよ。

「分かった、俺達が悪かった！」

「もう抜け駆けはしない！　だからまずは剣を置いて！」

そのあと三人がかりでなんとかエルミーを宥《なだ》めることができた。とりあえず、エルミーを怒らせてはいけないということが、今回の件でよく分かった。

そして俺は、あっさりと誘惑に負けそうになってしまったことを猛省しながら、一夜を過ごすことになった。

◇◇◇

「……なにこれ」

昨日と一昨日は冒険者ギルドの周りに人が大勢いて驚き、今日も大勢の人が俺を見に来ていたのだが、それはもう多少慣れた。

しかし、冒険者ギルドの隣には立派な建物ができていた。昨日までは仮の骨組みくらいしかできていなかったし、もっと小さかったはずだ。

「おお、ソーマ殿。立派な建物であろう？　今日からはこちらの仮の治療所で治療をお願いしたい」

「……えっとこれが仮の治療所なんですか？」

立派な白い建物に大きな木の扉、中に入ると患者が座って待つ待合室と、その奥には広くて真新しい治療室と隣には俺が休む部屋がある。これのどこが仮の治療所なんだ？

「いやあ、儂《わし》ももう少し小さい建物を頼んだつもりだったが、職人達が張り切ってこんな立派な建物を造ってくれたようだな。なに、金なら最初の予定分だけしか支払っていない。昨日ソーマ殿が治療してくれたドワーフの者が建築を頼んだ工房の親方だったみたいだ。また槌《つち》を持てることが、よっぽど嬉《うれ》しかったらしく、たった一日でこんな立派な建物にしてくれたらしい」

ああ、そういえば昨日腕を治療した女性のドワーフがいたな。あの人は工房の親方だったのか。気持ちはとてもありがたいのだけど、本当にこんな立派な建物いいのかな……

「ソーマ様、この治療所はいかがでしょうか？」

「はい、とてもすごいです。というか、立派すぎて俺には勿体《もったい》ないですよ。こんな立派な建物を造ってくださって、本当にありがとうございます」

治療所に案内されて少しすると、昨日治療したドワーフのデルガルトさんがやってきた。

いくら魔法がある世界だってこんな立派な建物をたった一日で建てるのはとても大変だっ

たはずだ。

「いえ、お礼を言うのは儂のほうです。動かなくなった儂の腕をソーマ様は治してくださいました。金はあるので、遠くの街にいる治療士のもとを訪れたのですが、儂がドワーフであることを理由に、治療を断られたのです」

うわっ、マジか……本当にそんな治療士がいるんだな。

「ソーマ様の噂《うわさ》を聞き、藁《わら》にも縋《すが》る気持ちでやってきたところ、たった金貨十枚であの怪《け》我《が》を治してくれた上に優しい言葉までかけてくださった。少しでも恩を返せればと思い、この治療所を建てている弟子達に頼んで手伝わせていただきました。何か至らないところがありましたら、すぐに仰《おっしゃ》ってくださいませ」

「いえ、とても大きくて、治療もしやすいです。本当にありがとうございます。でもお気持ちはありがたいのですが、まだしばらくは安静にしていてくださいね」

さすがに腕を治しただけだから、血が足りないとかはなさそうだが、それでも数日は安静にしていてほしかったな。

「はは！　その優しさ、感謝致します。この御恩は決して忘れません、何かありましたらいつでもお力になります」

「こちらこそ本当にありがとうございました」

デルガルトさんと握手を交わす。何かあったら頼らせてもらうとしよう。

「割り込んですまないが、確かデルガルト殿の工房は武器や防具も作っていたよな？」

「はい。武器や防具も作っておりますよ」

「ソーマ、今日は治療が終わったら、デルガルト殿の工房に寄らせてもらおう」

「武器や防具って俺の？　でも、俺は戦闘をしないから武器も防具も必要ないんじゃない？」

「いや、戦闘がなくても、何かあった時のために防具くらいはあったほうがいいと思うぜ」

「パーティハウスと冒険者ギルドの往復くらいは身に付けていたほうがいい」

なるほど、確かに何かあった時の備えは必要かもしれない。特に俺の場合は回復魔法を使えるわけだし、即死を避けるための防具があるに越したことはない。

「おお、でしたらぜひとも儂の工房にお任せください！」

「分かりました。早速ですみませんが、あとで寄らせてもらいますね」

◇◇◇

「いらっしゃい」

おおっ、受付は若い女ドワーフさんだ！　しかも奥の鍛冶場《かじば》が暑いおかげか、鍛冶場の中にいる女性店員の上半身はビキニの水着みたいな露出の多い服である。う～む、これは素晴らしい光景だな。

「ソーマ様ですね。親方から話は聞いております。すみません、親方の手が空くまでもう少し掛かるので、よろしければ工房内を見学されてはいかがでしょうか？」

「ありがとうございます。それでは見学させてもらいますね」

ファンタジー世界の武器や防具にはとても興味がある。ぜひ見学させてもらうとしよう。

「はあ～これはすごいね」

「デルガルト工房はこの街で三本の指に入るほど有名」

「へえ～デルガルトさんってそんなにすごい人だったんだね」

今はこの工房で作られた武器や防具を見学させてもらっている。フロラの話ではデルガルトさんの工房はとても有名らしく、様々な武器や防具が並べられていた。

「ソーマにはこっちのローブがいいんじゃねえか。この素材はかなり丈夫だから、ちょっとやそっとの攻撃くらいじゃびくともしないぜ」

「このローブなら、普通に動くことができそうだね」

フェリスがおすすめしてくれた白いローブの見た目は普通のローブに見えた。これでかなり丈夫ということは特殊な素材でできているのかもしれない。

「こっちの魔物の革でできたローブもなかなかいい」

「へえ～こっちは魔物の素材でできたローブなんだ。それにしても色々なものがあるんだね……ってこ、これは⁉」

様々な防具が飾られている中、その一番奥にファンタジーもののアニメや漫画でたまに見かける伝説のあの防具があった。

「ビキニアーマー……」

そう、実用性の欠片《かけら》もないビキニの形をした防具。身体《からだ》の大部分を晒《さら》し、完全に無防備な状態になるだけで防御力はほぼない。身軽さだけを突き詰めた完全なるネタ装備である。

だが、それこそが男の浪漫《ロマン》である！　これだけ露出の激しい防具を身に付けながら、時に恥ずかしがって、魔物と必死で戦うエロくて格好いい女の子の姿なんて最高すぎるだろ！

このビキニアーマーを身に付けて、魔物と戦う女性の姿を想像するだけで胸が熱くなるじゃないか！

「ソーマ、さすがにこの防具はやめておいた方がいいのではないか？　もちろんソーマには似合うと思うが、いくらなんでもこれは露出が激しすぎるぞ……」

「えっ⁉　このビキニアーマーって男用なの⁉」

「いや、さすがにこんなものを女が着ていたら変態だろ！」

「ビキニアーマーは男が着てこそ女の浪漫！」

……どうやらこちらの世界のビキニアーマーは男が着るらしい。

なんてこった、この世界に男の浪漫というものはないのか……

ちなみにこの実用性のまったくないビキニアーマーがどうして工房に置いてあるのか聞いてみたところ、この装備を身に付けると能力が上がるジョブが存在するそうだ。

うん、男が身に付けると聞いた途端にどうでもよくなってしまったな。

最終的にフェリスが持ってきてくれた軽くて丈夫な白いローブに決め、デルガルトさんがサイズを調整してくれた。これからは移動の際はちゃんとこのローブを身に付けるとしよう。それに白いローブってなんだか魔法使いっぽくていいよね。

第三章　オークと男騎士

「エリアヒール！」

「き、傷が!?　す、すげえ。これが回復魔法か！」

「あ、あれだけ痛かった傷が跡形もなくなっている！」

「念のためにしばらくは安静にしていてくださいね」

今日も仮（?）の治療所で治療士として患者さんを治療している。相変わらず治療所の周りにいる野次馬の女性は多いが、ここ数日の治療でこの街にいる患者さんのほうはだいぶ減ってきた。

「もうだいぶ患者も減ってきたみたいだな」

「そうだね、エルミー。ようやく少し落ち着いてきたみたいだよ」

これまでこの街には治療士がおらず、大きな怪我を負っても治療ができずにいた患者が大勢いたが、ここ数日の治療によって、それもようやく落ち着いたみたいだ。

今は休憩室で休憩中だ。エリアヒールを使った後はしばらく休憩をして、その間に治療所にやってきた患者さんを、またまとめてエリアヒールで治療するといった流れで治療をしている。もちろん、途中ですぐに治療が必要な大怪我を負った患者さんが来た場合、順番は関係なく治療をする。

「これでソーマもちっとはゆっくりできそうだな」

「うん。患者さんが少ないことはいいことだね」

「……なんだか冒険者ギルドの方が騒がしい」

フェリスのフラグのような言葉に対して、フロラが何かに気付いたようだ。確かに言われてみると、隣にある冒険者ギルドがいつもより騒がしい気がする。

緊急の患者が来た時には直接治療所にやってくるはずだから、怪我人《けがにん》が出たわけじゃない。だけど冒険者であるみんなも気になっているようだ。

「ちょうど休憩中だから、様子を見に行ってみよう」


「頼む、早くあいつを助けてやってくれ！」

「ちくしょう！　バートの奴《やつ》は俺達を庇《かば》って……」

「くそったれ、なんだって団長達のいないこんな時に！」

冒険者ギルドの中は大騒ぎになっていた。十人ほどの同じ形をした銀色の鎧《よろい》を着た女性達が冒険者ギルドに詰め掛けていた。その中には怪我をしている人も大勢いる。

「ギルドマスター、何があったんだ！」

エルミーが冒険者ギルドマスターであるターリアさんを見つけた。

「おお、ソーマ殿！　ちょうどよかった、まずはこの者達の治療を頼む。中には深手を負った者もおりますゆえ！」

「分かりました。皆さん、もう少し固まってください。いきます、エリアヒール！」

まばゆい光が鎧を着た女性達を包み込む。

「おっ、おお！　き、傷が癒《いや》されていく！」

「す、すごい！　これが回復魔法」

「ふう～」

幸いなことにエリアヒールで治せないほどの大きな怪我を負った者や手足を失った者はいなかったので、全員を無事に治療することができた。

「あなたがこの街で噂になっていた治療士様でしたか。騎士団第四部隊長のカーリと申します。みなを治療してくれて本当に感謝します！　全員の治療費は後で必ずお支払いします。ギルドマスター、騎士団から緊急依頼を冒険者ギルドに発注する。頼む、あいつを助けてくれ！」

全員を治療したところで、騎士団の部隊長を名乗る女性と一緒に、俺達はギルドマスターの部屋へと案内された。俺——というよりは高ランク冒険者のエルミー達の力が必要になるかもしれないというターリアさんの判断だろう。

「私達は森で調査をしていたんだが、そこで多数のオークに囲まれてしまった……」

騎士団の部隊長であるカーリさんの話によると、カーリさんの部隊は騎士団の定期的な業務である森の調査をするために、この街の近くにある森に入っていたらしい。そこで複数のオークに襲われてしまった。

どうやらこの世界のオークはなかなか手ごわい魔物のようで、複数いた場合にはかなりの脅威となるようだ。

「うちの部隊にいたバートが囮《おとり》になってくれたおかげで、我々は助かったんだ！」

このままではあわや全滅してしまうというところで、カーリさんの部隊にいた唯一の男騎士であるバートさんがオークどもの囮になってくれたおかげで、カーリさん達は助かったようだ。

以前にみんなから話を聞いていたように、この世界のゴブリンやオークはメスしかおらず、男性を襲うらしいからな。当然そのオーク達も女騎士であるカーリさん達ではなく、バートさんを追っていったようだ。

「早くバートを助けに行かなければならないが、私達だけではどうにもならない。頼む、冒険者の力を貸してくれ！」

もちろん騎士団にもオークを倒せる人材はいるらしいのだが、運悪く騎士団長の部隊は現在遠くの街に出掛けていた。更に運の悪いことに、街の騎士団へ戻って応援を求めると、副団長と腕利《うでき》きの騎士達も別の非常事態で出払っていたのだという。

すぐに副団長へ連絡を取ったが、いつ戻ってこられるかも分からず、事態は急を要するため、怪我《けが》の手当てもせずに、助けを求めて冒険者ギルドへやってきたというわけだ。

……団長も副団長もいないとか、さすがにタイミングが悪すぎるだろ。

「話は分かったよ。すぐに今動ける高ランクの冒険者達に召集をかける。蒼《あお》き久遠《くおん》のみんなも行けるな！」

「ああ、もちろんだ！」

「腕が鳴るぜ！」

「オークに襲われた場合は時間との勝負。すぐに出た方がいい」

エルミー、フェリス、フロラの三人も即座に了承する。

「すまない、恩に着る！」

カーリさんがみんなに向かって頭を下げる。

「よし、それでは他の高ランク冒険者にも声をかけ、十五分後に出発だ。ソーマ殿はエルミー達護衛が離れるから、この後の治療は儂《わし》がいるこの冒険者ギルドで行ってくだされ」

そう、護衛対象である俺は安全な街で留守番をしていることが当然だ。だけど……

「……いえ、俺も行きます」

「な、なにを言っているのだ、ソーマ！」

エルミーがものすごく驚いている。そりゃ、護衛をされる側の俺があえて危険な場所へ行くのは馬鹿げている。

「でも、回復魔法を使うことができる俺が一緒に行った方が、何かあった時にみんなを回復できるし、バートさんを助けられる可能性も上がるでしょ？」

もちろん戦闘能力を持たない俺がついて行っても、足手まといになる可能性も十分にある。しかし、回復ポーションがほとんど効果を持たないこの世界では、回復魔法を使用できる治療士の存在は非常に大きいはずだ。

治療所で患者さんを治療してきて思ったが、この聖男《せいだん》のジョブによる回復魔法は瞬時に大きな怪我を治療できるし、何回でも使用することができる。俺が同行することによって、死傷者を減らすことができるはずだ。

「……いえ、ソーマ殿。申し訳ないが、さすがにそれは認められない。ソーマ殿はどうかこの街で待機を」

　さすがに俺が男巫《おとこみこ》であると思っているはずのターリアさんからはそう簡単に許可はでない。

「俺にも協力させてください。防具も買いましたし、障壁魔法も使えますから、みんなの邪魔にはなりません」

「だが……」

「いいんじゃねえか。確かにソーマが同行したほうがそのバートってやつが助かる可能性も上がるし、同じ男性がいた方がいい場合もある。それにソーマのことは俺達が命を懸けて守るからよ」

「フェリス……」

　やばい、フェリスがイケメンすぎるのだが！

　でも欲を言えば、それは男である俺が女性に向けて言いたいセリフだった……

「ああ、もちろんソーマは私達が守るぞ！」

「命を懸けて守る！」

　エルミーもフロラも格好いいな、ちくしょう！　なんだろう、すごく嬉《うれ》しいんだけれど、男としては完全に負けた気分だ。

「……迷っている時間はないか。その代わりに儂も同行させてもらおう。ソーマ殿に怪我を負わせるわけにはいかん」

冒険者ギルドマスターのターリアさんも一緒なら、尚《なお》のこと心強い。もちろん俺も怖いけれど、エルミー達が一緒なら安心できる。

「よし、それでは出発する」

それからすぐにその時冒険者ギルドにいた高ランク冒険者が集められた。とはいえ、時刻は昼過ぎで、大半の冒険者は朝から活動を開始しているため、蒼き久遠以外の高ランクパーティは二パーティしか集まらなかった。

パーティを集めつつ、馬車の手配もすでに行っていたようで、俺達はそれぞれの馬車に分かれて森の入り口を目指している。

馬車は森へ入れないので、森の入り口に着いたら馬車を降りて、歩いてバートさんとはぐれた場所へ向かうらしい。

「馬車を降りたら、バート殿の行方を追えるジョブを持った者が先行して行方を捜すことになります」

「そんな便利なジョブがあるなんてすごいですね」

さすがジョブがある異世界だ。もしかしたら、元の世界の科学捜査なんかよりも、こちらの方がすごいかもしれない。

この馬車にはエルミー達とターリアさんが乗っている。馬車を降りたら冒険者と騎士団の人達と一緒に行動する。

「ソーマ殿、同行は許可したが、くれぐれも自分の命を第一に考えてくだされ。他の者が怪我を負ってもソーマ殿なら治せるが、万一ソーマ殿が大きな怪我を負って意識を失ってしまえば、それは誰にも治すことができません」

「はい、分かりました」

うん、回復役が大事ということは俺でも分かる。ターリアさんに言われなくとも、前世では喧嘩《けんか》すらしたことがないから、作戦は常に命を大事にだな。

「フェリスは常にソーマ殿の傍《そば》を離れることのないように頼むぞ」

「おう、任せておけ！」

本当にフェリスは格好いい。そうだ、そういえば一つ気になることがあったんだ。女性に聞くのはちょっとあれだけれど、聞いておかないといけないな。

馬車の隣の席に座っていたフロラに小声で話しかける。

（そういえば、前から思っていたんだけれど、この世界では女性かメスの魔物が男を襲うって言っていたよね。でも普通に考えたら、男の人を無理に襲うことなんてできないと思うんだけれど）

そう、女性と違って、男性の方は無理やり力尽くで性的乱暴をするなんてことはできないはずだよな。

なにせ男は女性に興奮しなければ、アレが役に立たないはずだし。

（この世界にはエレクト草という幻覚剤と興奮剤が混ざったような草が森や草原のあちこちに生えている。これを煎じて男性に飲ませると、男は自分の意思とは関係なく発情してしまう。ゴブリンやオーク達はこれを無理やり男に飲ませて繁殖する。盗賊達はこの草を基に生成してできた媚薬《びやく》を使ったり、発情魔法を使って男性に乱暴をする。この草は森に入ったらすぐに見つかると思うから実物は後で見せる）

（な、なるほど……）

やだ、なにそれ怖い……

どうやらこの世界には男性にとってはとんでもない効果のある草や薬に魔法が存在するらしい。

馬車で三十分ほど揺られると、木々が生い茂った森へと到着した。そして騎士団の人達はバートさんが囮となってオークどもを引きつけてくれた場所へと案内してくれている。

「ソーマ、これがさっき話していたエレクト草」

「これが例の。あっ、確かに草原でも見たことがあるね。というかアニックの街の中でも普通に生えていたような……」

森の中へ入ってすぐ、緑と赤色の縞々《しましま》模様をした草が生えていた。これが先ほどフロラの言っていたエレクト草か。

赤色をした目立つ雑草だと思っていたら、まさかそんなにヤバい草だったとは……

「この草は非常に生命力が強くて、本当にどこにでも生えるし、繁殖力が旺盛すぎて完全に排除することができない」

なんてこった、雑草の十倍くらい生命力がありそうだな。そこまで繁殖力があるからこそ、男を発情させるようなヤバい効果があるのかもしれない。

「ここだ、ここでバートの奴《やつ》はあっちの方向にオークどもを引き付けてくれたんだ！」

騎士団の人達が案内してくれた場所は森に入ってから十五分ほど進んだ場所だった。そこには先ほどオークと戦ったと思われる戦闘の跡が残っており、折れた木の枝や赤い血がそこいらに飛び散っていた。

「よし、頼むぞ」

「こちらをお願いします」

「おう、任せてくれ！」

同行していた犬の獣人冒険者の一人が、騎士団の人からハンカチのような布を受け取って、クンクンと匂いを嗅いでいる。

「……よし、こっちの方角だ」

一瞬何をしているのだろうと思ってしまったが、どうやら獣人冒険者がバートさんの私物の匂いを嗅いで、その匂いを追っているみたいだ。もしかしたら嗅覚を強化するようなジョブなのかもしれない。

「くそっ、どうやら川に入ったらしい。この先の行方は分からねえ！」

「いや、逆を言えば、ここまで無事だったということだ。まだバート殿が無事でいる可能性が更に上がったとも言える」

どうやらバートさんはオークから逃げる際に、森の中にある小さな川を渡ったらしい。

そのおかげで追跡が難しくなってしまったようだ。

しかしターリアさんの言う通り、ここまではオークから逃げきれているということになるので、バートさんがまだ無事な可能性が少し上がった。

バートさんは男性だが、身体能力を強化できるジョブを持っているらしいので、一人でオークから逃げきれた可能性も十分にある。

「よし、ここからは事前に打ち合わせていたように三組に分かれて捜索を続ける。何かあればすぐに大声で他の者を呼ぶのだ」

「おう！」

「はい！」

ここからは事前に打ち合わせていた通り、各冒険者パーティと騎士団で三組に分かれてバートさんを捜索する。俺は蒼き久遠のみんなとターリアさん、そして騎士団の二人と一緒に行動する。

「くそっ、バート、無事でいてくれよ」

「なんとしても助けてやらないと」

「二人とも落ち着くんだ。気持ちは十分分かるが、森の中で不用意に行動するのは危険だぞ」

「あ、ああ、すまない」

「悪い、つい焦《あせ》っちまった」

気がはやってしまっていた二人の女性騎士達をエルミーが窘《たしな》める。バートさんが男だということもあるだろうけれど、バートさんは騎士団の人達に慕われているようだ。

「大丈夫だ。仲間がオークに襲われているかもしれないとなれば、誰でも冷静ではいられないものだ」

「ああ、オークのクソ野郎どもは全部ブッ殺してやるぜ」

「ゴブリンとオークはこの世から殲滅《せんめつ》すべき」

「…………」

エルミー達の言う通り、この世界ではゴブリンやオーク達は男を襲うんだよな。

なんだかいろいろと感覚がおかしくなってきそうだ。こっちの世界だと女騎士がくっ殺されるんじゃなくて、男騎士がメスオークにくっ殺されてしまうんだよな……

オークに捕らえられた誇り高き女騎士が凌辱《りょうじょく》されそうになり、辱《はずかし》めを受けるくらいなら自ら死を選ぶ際に口にする言葉――『くっ、殺せ！』。

……うん、男騎士がオークに乱暴される姿なんて絶対に見たくない。そういうのはフィクションの中かつ、女騎士でないと絶対に駄目である。

一刻も早くバートさんを助け出さなければ！

「むっ、ちょっと待て……」

先行しているエルミーから待ったが掛かった。どうやら何かを発見したらしい。

(前方の洞窟らしき場所にオークがいる。あの洞窟はオーク達の巣かもしれない)

(確かにあいつは見張りっぽい。もしかしたらあの中に男が捕らえられているかもしれねえな)

エルミーが指で示す先には岩肌に開いた大きな洞窟が見えた。そしてその前には体長が二メートル近くある、巨大な人型の魔物がいた。

ピンク色の肌、醜い顔はとても大きく、豚のように潰れた鼻を持ち耳は少し尖《とが》っている。腰にはぼろい布を巻いており、その右手には大きなこん棒のような武器を持っている。

胸が少し膨らんでいるところを見ると、あの個体はメスなのだろう。というか、この世界ではゴブリンとオークはメスしかいないんだよな。

(バート殿があの洞窟に捕らえられている可能性は十分にある。エルミー、行けるかい？)

(ああ、もちろんだ。任せてくれ)

ターリアさんの指示で、エルミーがあの見張りのオークを倒すらしい。

森の木々の中に隠れている俺達にまだオークは気が付いてはいないが、ここから洞窟までは少し開けた場所がある。

見張りのオークを倒すのに時間が掛かって、洞窟の中にいる仲間を呼ばれてしまっては厄介だ。

オークがどれほどの知性を持っているかは分からないけれど、中にバートさんがいたら人質に取られてしまう可能性だってある。

エルミーは腰に差していたロングソードをゆっくりと引き抜いた。見張りのオークに気付かれないように、洞窟の開けた場所まで最大限に近付いていく。そして一気に——

ザンッ
「っ……」

洞窟の前で見張りをしていた巨大なオークの頭が宙へと舞った。俺にはまったく見えなかったが、オークが一言も叫ぶ間もなく、たったの一撃でエルミーが頭を斬り落とした。

いくら何でも速すぎる。俺の目にはエルミーが消えたようにしか見えなかった……

「さすがエルミーだぜ」

「あの速さなら、鈍間《のろま》なオークごときじゃ絶対に捕らえられない」

フェリスとフロラもエルミーを褒める。

「な、なんて速さだ！　速すぎてまったく見えなかったぞ！」

「す、凄《すご》い！　あれがAランク冒険者の力⁉」

同行している騎士団の二人もエルミーの速さにはとても驚いている。

以前に聞いたエルミーのジョブである『剣士』。だが、エルミーの速さはこのジョブのおかげというわけではない。そもそも剣士というジョブはとてもありふれたジョブの一つであり、レアなジョブではないと聞いている。

『剣士』のジョブは身体能力が上がり、剣技が向上するらしいが、エルミーの速さはエルミー自身による鍛錬の賜物《たまもの》だ。自分自身を極限まで鍛え上げることにより、あの若さでAランク冒険者まで上り詰めたと聞いた。

俺もいざとなったら障壁魔法で援護しようと思っていたけれど、その必要はまったくなかったみたいだ。

「狼煙《のろし》を上げてみなを呼んだが、もしもバート殿がオークに捕まったとしたら、事態は一刻を争う。儂《わし》らは先にこの洞窟へ突入するとしよう」

「ああ、賛成だ。急ごう」

「ああ、オーク程度に後《おく》れは取らねえよ」

「賛成」

ターリアさんの提案にエルミー達が賛成した。

エルミーが倒したオークの死体をちらりと見る。あんなに醜くて巨大なオークのメスに自分が襲われたらと思うと、自然と股間がヒュンとなった。

確かにオークに攫《さら》われた男が、たとえ助け出されたとしても、ボロボロになっているというのはよく分かる。

あんな化物に発情する草を使って無理やり襲われたら、心に深い傷を負って当然だ。俺だったら頭がおかしくなってしまうかもしれない……

「よし、中には儂とエルミーとフロラで行くよ。フェリスと騎士団の二人はソーマ殿の護衛を頼む。もしも他の仲間が来たら冒険者パーティのみで洞窟に入るように伝えるんだよ」

「「承知しました！」」

「ああ、ソーマのことは任せておけ！」

中にはターリアさんとエルミーとフロラの三人で入ることになった。俺や騎士団の人達が同行しても、むしろオークとの戦闘の邪魔になってしまうのだろう。

騎士団の二人も先ほどのエルミーとオークの戦闘を見て、それは十分に理解ができているようだ。

「みんな、気を付けてね！　怪我《けが》をしたらすぐに治すから」

俺にはみんなへ声援を送ることくらいしかできないのがとても悔しい。

「ああ、ソーマがいてくれるから私達は迷わず突入できるんだ」

「何かあってもソーマが治療してくれる」

二人ともイケメンすぎるんだけど⁉　この場合はイケウーメンになるのかもしれないけれど、本来の意味でのイケメンで間違っていない気もする。いや、そんなどうでもいいことを考えている場合じゃなかった。

俺達を残して、三人は洞窟の中へと進んでいく。

「フェリス、三人は大丈夫かな？」

「ああ、あの三人なら万一もねえから安心しな。むしろやりすぎて洞窟が崩れねえかのほうが心配だぜ」

「な、なるほど……」

どうやらフェリスは本気で三人を信頼しているようだった。エルミーとフロラは現役のAランク冒険者だし、ターリアさんも冒険者ギルドマスターになる前はAランク冒険者だったと聞いている。

先ほどのエルミーの戦闘を見るに、少なくとも俺が心配する必要はなさそうだ。バートさんが無事であることを祈ろう。

「おい、バートはいたのか⁉」

三人が洞窟に入ってから少し経《た》つと、狼煙を見て、同行していた別の冒険者パーティと騎士達がやってきた。

「バートがいるのかは分からねえが、どうやらここはオークどもの巣らしい。先行してギルマス達が洞窟へ入っている。すまねえが援護してやってくれねえか」

「ああ、もちろんだぜ！」

「よし、任せてくれ！」

フェリスが彼らに状況を説明する。彼らも洞窟の中に入ってくれるようだ。

「お〜い！」

別の冒険者パーティが洞窟の中に入ろうとしたその時、洞窟の中からエルミーの声がしてフェリスが返事をする。

「エルミー、無事か！」

「無事にオークどもは殲滅したぞ。バートさんも無事だが、負傷している。ソーマもみんなと一緒にこっちに来てくれ」

「分かった、今行くよ！」

よかった！

どうやらバートさんも含めて、みんな無事だったらしい。バートさんが怪我を負っているみたいだし、早く怪我を治療してあげないと！


もう一組の冒険者パーティが来た時と、別のオークが戻ってきた時のために数人を残して、洞窟の中に入っていく。どうやらこの洞窟はかなり広いみたいだ。二メートル近くある巨体のオーク達の巣ということだし、当然といえば当然か。

しばらく進んでいくと、少し開けた空間へ出た。

そこには十体近くのオークの死骸が転がっており、血と臓物の生臭くて腐ったような悪臭が立ち込めていて、一瞬だけ吐き気を催したが、ギリギリのところでなんとか耐えることができた。

そしてその奥にはオークの返り血にまみれたエルミーとターリアさんがいた。フロラの方は後衛だから、返り血を浴びずに済んだのだろう。

「みんな、大丈夫⁉」

「ああ、私達は問題ないぞ」

みんな怪我がないようで本当によかった。

「ソーマ殿、まずはバート殿の治療を頼む。それとこちらの服を着せてやってくだされ」

「分かりました！」

ターリアさんから替えの簡易な衣服を受け取り、バートさんの元へ走った。バートさんは、大きな布をかぶせられていたが、その布の右肩あたりから真っ赤な血が滲《にじ》んでいた。

「ヒール！」

俺が回復魔法を唱えると、バートさんの傷口が緑色の光に包みこまれた。

「す、凄い！　傷口が塞がっていく！　さっきまで痛かった傷が、もう全然痛くない！」

「大丈夫ですか。他に痛む場所はありませんか？」

改めてバートさんを見てみる。今は土埃《つちぼこり》で汚れているが、それでも分かってしまうほど顔立ちの整ったイケメンで、俺とは違って長身かつ細マッチョな男性だ。

筋肉質なのは騎士団に勤めているというだけあって、しっかりと鍛えられているのだろう。綺麗《きれい》な金髪碧眼《へきがん》だし、元の世界だったら、間違いなく女性にモテるに違いない。

「は、はい、もう大丈夫です。あなたは最近街で噂《うわさ》の治療士様ですね！　本当にありがとうございます！」

「怪我一つない」

「よかった、無事で何よりです。俺はソーマと言います」

受け答えもしっかりしているし、悲観した様子もない。どうやらオーク達に襲われる前に助けられたようだ。

「こちらが替えの服です」

「ありがとうございます」

ターリアさんから預かった替えの服を渡す。そうか、こっちの世界だと、こういうのは同じ男性である俺から渡した方がいいんだな。


そのあと、落ち着いたバートさんから話を聞いた。

囮《おとり》になってオーク達を引き付けたあとは無我夢中で森の中を逃げ回ったのだが、しばらく逃げ回ったところで、オーク達に捕まってしまったらしい。

そしてオークの巣へ連れ込まれたが、バートさんが身に付けていた鎧《よろい》を脱がすのにかなり手間取ったようで、エレクト草を飲まされるギリギリのところでみんなに救出されたというわけだ。

バートさんがくっ殺状態になる前に救助されて本当によかったよ。

「バート、本当に無事でよかったぜ！」

「もう二度とあんな無茶するんじゃねえぞ！」

「うう……本当に無事で何よりだ」

今はオークの巣である洞窟を出て、他のみんなと合流し、騎士団の人達がバートさんの無事を喜んでいる。他の冒険者達は洞窟の中でオークから素材を剝ぎ取ったり、死骸を地面に埋めるなどの処理をしている。

「あれだけのオークが群れになっていたのは本当に危なかったな。あのままだと、近くの村や街から男を攫ってきて、更に大きな群れになっていた可能性もあった」

「うわあ……さすがにそれは想像したくないね……」

エルミーが言うにはオーク達の繁殖力はそれほど高くはないものの、群れを作って男を攫い、更に群れが大きくなると相当な脅威になるという話だ。

「ゴブリンやオークは男性の天敵」

この世界のゴブリンとオークはマジで怖い……

実際のところバートさんも相当危ない状況だったらしい。

「エルミーとフロラも怪我がないみたいで本当によかったよ」

「ああ。怪我をしてもソーマが治してくれるから、迷わずオークの巣へ突っ込めたんだぞ」

「あの人の怪我もソーマがいなければ街まで持たなかった可能性もある」

「そうだな、あの出血だとポーション程度じゃ治らなかったかもしれねえしな」

みんながそう言ってくれると、俺も同行してよかったと思えた。少しでもみんなの役に立てたようで何よりだ。

◇◇◇

「バート。怪我はもう大丈夫？」

「うん、ソーマのおかげで、もうすっかり今まで通りだよ！」

バートが怪我をしていた右肩をブンブンと振り回す。

オークの巣からバートを助け出してからすでに五日が過ぎた。

あのあとは無事に全員でアニックの街まで戻ることができた。次の日に改めてバートと部隊長のカーリさんと騎士団の副団長が治療所までわざわざ来てくれて、お礼を言われたんだよな。

バートの治療費を払うとも言われたのだが、すでに騎士団の人達からは緊急依頼料として、参加していた冒険者達と一緒に結構な額をもらっていたから、丁重にお断りさせてもらった。

「ここのお店のスイーツは最近有名なんだ」

「へえ〜それはとっても楽しみだね」

そして俺はバートと友達になった。

バートの年齢を聞いたら、俺と同い年であることが分かって、意気投合して話すようになったのだ。こっちの世界に来てから、初めての男友達ができて俺も嬉《うれ》しい。

最初は俺に対してソーマ様とものすごく畏《かしこ》まっていたから、普通に接してくれとお願いした。さすがに同い年に様付けはされたくない。

「こ、こういった店に入るのは初めてだな」

「お、男ばかりでめちゃくちゃ緊張するぜ……」

「男性二人と一緒にこんな店に入れる日が来るとは思わなかった！」

今日はバートが前から来たかったというスイーツ店にやってきているのだが、当然俺の護衛であるみんなも一緒だ。

確かにこのお店は男性のお客やカップルのお客しかいない。おかげでみんなは少し緊張しているみたいだ。

……うん、逆の立場だったら、俺も一人で入るのは少し躊躇《ちゅうちょ》するかもしれない。

「あっ、これは美味《おい》しい！」

「本当だ。甘くてとっても美味しいね！」

このお店のパンケーキのようなものに甘い蜜をかけたスイーツはとても美味しかった。

「それにしても、まさか皆さんがあの有名な冒険者パーティの『蒼《あお》き久遠《くおん》』だったとは思いませんでした。ソーマや皆さんのおかげで、こうして今まで通りの生活を送れています。本当にありがとうございました」

バートが頭を下げる。

「ああ、無事で本当になによりだ」

「それに自分が囮になって、他の仲間を逃がすなんて、男にしておくのが勿体《もったい》ないくらいだぜ」

「さすが男騎士になれただけある」

……若干会話に違和感はあるが、バートが勇敢な男騎士であることは完全に同意だ。

「いえ、僕なんてまだまだです。それにしてもソーマが少し羨ましいな。こんな格好いい女性の皆さんに護衛してもらえるなんて、男冥利《みょうり》に尽きるってもんだね」

「そうだね。こればっかりは役得だと思うよ」

やはりこちらの世界の男性から見てもみんなは魅力的に見えるらしい。

　確かに護衛という名目で同じ家に同居させてもらえるのは役得だよなあ。

「か、格好いい⁉」

「へへっ、嬉しいことを言ってくれじゃねえか」

「今日の支払いは任せてくれていい」

　三人ともバートと俺に褒められて嬉しそうだ。

　やっぱり、三人とも俺に褒められるよりも、高身長の細マッチョでイケメンなバートに褒められる方が嬉しいんだろうなあ……。

「でも三人ともソーマみたいに綺麗な男性と一緒にいるといろいろと大変ですよね。同性の僕から見てもこんなに完璧な男性は見たことがありませんし」

「いやいや！　どう見てもバートみたいな男性の方が女性にモテるでしょ！」

　さすがにこれには突っ込んでしまった。どう考えても俺よりもバートの方がモテるに決まっている。

「はは、そう言ってくれるのは嬉しいけれど、僕なんかよりもソーマの方が女性にモテるのは自覚しているから大丈夫だよ。そりゃ僕みたいに身長が高くて筋肉質な男性が趣味の女性もほんの少しはいると思うけれど、大抵の女性はソーマみたいに小柄で守ってあげたくなるような男性の方を好むのは僕でも知っているよ」

「…………」

そういえばこの世界はそういう世界だったな。元の世界では背が高くて筋肉質な男性の方が女性に好まれやすいが、どうやらこっちの世界では小柄でか弱そうな俺みたいな男の方がモテるらしい。

……モテるのはとても嬉しいことだが、元の世界の男としては、なんだか少し複雑な気分だ。

そんな感じでバートやみんなとスイーツを楽しんだ。俺としてもとても良い息抜きになった気がする。またバートやみんなと一緒に遊びに行くことにしよう。

◇◇◇

みんなのパーティハウスにお世話になってから一週間が過ぎたが、特に大きな問題は起きていないので、引き続きお世話になることを数日前にターリアさんへ伝えている。

「ソーマ、さっき伝えて忘れていたことがあるのだが、少しいいか？」

「もちろん。今開けるよ、エルミー」

今日も無事に治療を終え、晩ご飯を食べた後に自室に戻って障壁魔法の練習をしていると、部屋へエルミーがやってきた。

「うん。そっちの椅子にどうぞ」

確か女性をベッドに座るよう勧めるのは良くないんだったよな。

「お、お邪魔するぞ」

「し、失礼するぞ。ターリア殿から仮の治療所に必要な物のリストを見てほしいと頼まれていてな」

「なるほど、目を通してみるよ。その前にちょっと飲み物を取ってくるね。エルミーの分も持ってくるよ」

「ああ、すまないな」

少し長くなりそうだったので、下の階に飲み物を取りに行く。リビングにはフェリスがくつろいでいた。フロラの方はまだ庭で魔法の鍛錬をしているようだ。

「あれ、さっきエルミーがソーマの部屋に行かなかったか？」

「うん、ちょっと喉が渇いたから、飲み物を取りに来ただけだよ。エルミーには部屋で待っていてもらっているんだ」

「エルミーをソーマの部屋に一人きりにしているのか？」

「いや、別に見られて困るような物はないよ」

「ムッツリなエルミーのことだから、今頃ソーマの下着でも漁《あさ》っているんじゃねえか？」

「はは、さすがにエルミーはそんなことはしないよ」

「……相変わらずソーマは無防備だぜ。エルミーも一人の女なんだから、ちゃんとそのあたりは気を付けろよ」

「気にしすぎだって。それじゃあ部屋に戻るね」

飲み物を注いだコップを二つお盆の上に載せる。さすがにエルミーがそんなことはしないだろう。


「すう……はあ……」

「エルミー、お待たせ」

「ソソソ、ソーマ⁉　だだ、大丈夫だ、待ってなんてないぞ！」

「あれ、それって俺の枕じゃ……」

部屋に戻ると、なぜかエルミーが顔を赤くしながら俺の枕を抱きしめて、それに顔を埋《うず》めていた。

「そ、そうだな！　いや、とても良い枕だったから、つい柔らかさを確かめてみたところだ！」

「えっと、その枕は俺がこのパーティハウスにお世話になった時からあったやつだけど

「……」

「そ、そうだったのか⁉　ほ、本当に良い枕だな！　私もこの枕に買い替えるとしよう！」

更に顔を真っ赤にして、めちゃくちゃ動揺しながら枕を置くエルミー。

どうやらエルミーがちょっとムッツリというのは本当だったらしい。いや、別に枕の匂いを嗅ぐくらい全然大丈夫なんだけれどね。

むしろそれくらい興味を持ってもらえるなら、嫌というよりも男として嬉しいと思うのは俺が元の世界の男だからだろう。まあ、俺の枕を抱きしめていたことについて、これ以上言及はしないほうがいい気もする。

「それじゃあ、早速リストを見せてもらえるかな」

「う、うむ。こっちだぞ。ターリア殿が言うには、治療所の患者さんに待ってもらっている部屋にだな……」

なにやら全力で話を逸《そ》らしているっぽい。エルミーは普段からとってもしっかりしているから、こうして顔を真っ赤にして焦《あせ》っている姿はかなり可愛《かわい》らしく見えた。

第四章　孤児院と海

治療所での治療もだいぶ落ち着いてきたが、治療士である俺の噂《うわさ》を聞いて、他の街や村から患者さんがやってくるので、暇になることはない。

とはいえ、通常の治療以外はバートさんの騒動以降大きな出来事はなく、平和な日々を過ごしていた。

「さあ、今日の治療も無事に終わったし、帰りに市場によって帰ろうか」

「ああ、そうだな」

治療所からそのまま市場へ向かい、晩ご飯の材料を買ってからみんなのパーティハウスに帰る予定だ。

「うわっ⁉」

「おっと、ごめんね。大丈夫？」

今日の晩ご飯を何にしようか考えていたら、曲がり角で小さな女の子とぶつかってしまった。

「全然大丈夫だよ。お兄ちゃんこそ大丈夫？」

……そうかこっちの世界だと男の俺の方が、か弱いんだったよな。

「ああ、大丈夫だよ」

「悪い、ソーマ。殺気がなかったから気付かなかったぜ」

「大丈夫だよ、フェリス」

というか殺気があれば気付いていたのか……

「綺麗《きれい》なお兄ちゃん、よかったら一つ買ってください」

そう言いながら、女の子は一本の花を差し出してくる。女の子はボロボロの服を着ており、あまりご飯を食べられていないのか、腕も細くて身体《からだ》はかなり痩せている。

「ああ、せっかくだから貰《もら》おうかな」

「やったあ。銅貨五枚だよ」

銅貨五枚だと五百円くらいか。

「はい、銅貨五枚」

「ありがとう、綺麗なお兄ちゃん！」

満面の笑みを浮かべる少女。うん、五百円でこんなにも可愛い女の子の笑顔が見られたなら満足だ。

「ちゃんとご飯は食べている？　よかったらそこの屋台の串焼きでもご馳走《ちそう》しようか？」

「ええっ⁉　本当にいいの？」

おう……食い付き方がヤバいな。両親にちゃんと食べさせてもらっていないのだろうか？

小さな女の子に食べ物を買ってあげる。元の世界なら下手したら事案になっていてもおかしくはないが、この世界ならセーフだろう。

近くにあった屋台で銅貨五枚で売っていた串焼きを二本買って渡してあげると、すごい勢いで一気に一本を食べ尽くした。

「美味《おい》しい！　お肉なんて久しぶりに食べたよ。ありがとうお兄ちゃん！」

「それはよかった。もう一本は食べなくていいの？」

「うん！　こっちは帰ってからみんなに分けてあげるんだ！」

「みんな？」

「ソーマ、多分この子は孤児院の子供」

フロラが耳打ちしてくれる。

ああ、そういうことか。この世界にも孤児院があるようだ。たぶん「みんな」とは孤児院の他の子供たちのことだな。あまり満足に食事が取れていないのかもしれない。

「名前はなんて言うんだい？」

「僕？　僕はリーチェだよ」

どうやらリーチェはボクっ娘《こ》のようだ。というか、こっちの世界だと女の子はボクっ娘が普通になる。

「リーチェ、孤児院のみんなの分も買ってあげるからこれはリーチェが食べていいよ。孤児院に案内してくれるかい？」

「本当⁉　ありがとうお兄ちゃん。みんなすっごく喜ぶよ！」

「ごめんみんな、ちょっとだけ寄り道して行くね」

「ああ、もちろん構わないぞ。それに串焼きのお金は私達が出そう」

「おう。こんな小さなガキどもが困っているのは見過ごせねえな」

「ソーマは優しい」

そのあと孤児院にいる子供十二人と職員二人の分の串焼きやパンなどの食料を買って、リーチェの案内に従い孤児院までやってきた。

「ここが孤児院か……」

リーチェに案内された孤児院、それはボロボロの廃墟《はいきょ》寸前の教会であった。

定番だとこういう教会には修道服を着たシスターさんがいるものだよな！　いったいどんな修道服を着ているのか、少し興味がある。

「ただいま、ブラザー」

「リーチェ、遅かったから心配したよ。おや、あなた方はどなたですか？」

「…………」

建物の中から現れたのは二十代くらいの男性だった……

そうだよね、こっちの世界だとシスターは男性になるんだよね。いや、シスターではなくてブラザーになるのか……

この人もあまり満足に食べられていないのか、普通の人よりもだいぶ痩せている気がする。

「お花を買ってくれて、お肉をご馳走してくれたんだ。みんなの分のご飯も買ってくれたんだよ！」

「初めまして、ソーマと申します。少しですが、食料を寄付しに来ました」

「本当ですか！　ああ、こんなにも食べ物を……ありがとうございます！　院長をしておりますマーヴィンと申します。見ての通り汚い場所ですが、ぜひ寄っていってください」

ファンタジア文庫の最新情報が満載
ファンタジア FANTASIA チャンネル CHANNEL
2024 5
リアスが出会った中等部生は——
宮本武蔵の美少女子孫!?
ジュニアハイスクールD×D
転校生はサムライガール
著：東雲立風
原案・監修：石踏一榮 イラスト：みやま零
最強の相棒（護衛）は王女だった!?
超人気スピンオフシリーズ、第五幕！
異世界でチート能力《スキル》を手にした俺は、現実世界をも無双する
ガールズサイド 5
〜華麗なる乙女たちの冒険は世界を変えた〜
著：琴平稜 原案・監修：美紅 イラスト：桑島黎音
ファンタジア文庫
毎月20日発売!
公式HP https://fantasiabunko.jp/
〒102-8177 東京都千代田区富士見2-13-3

ドラゴンマガジン7月号
王道ライトノベル誌
ドラゴンマガジン
7月号
電子版も配信中!
奇数月30日に最新号を配信
5月16日発売!
表紙&
巻頭特集
デート・ア・ライブ
待望のテレビアニメ５期「デート・ア・ライブV」が
2024年４月より好評放送中!
今回は約２年ぶりに単独で表紙に迎え、
アニメ詳報ほか周辺情報などお届けします。
他にも2024年７月からTVアニメ放送の
「VTuberなんだが
配信切り忘れたら伝説になってた」、
「キミと僕の最後の戦場、
あるいは世界が始まる聖戦」SeasonⅡに加え、
2024年８月にミュージカルが上演される
「キミゼロ」続報など、
気になる作品の情報を多数お届け予定。
今号もお見逃しなく!
メディアミックス情報
TVアニメ好評放送中!
▸デート・ア・ライブV
ふろく 1
「デート・ア・ライブ」
リバーシブル
ドアプレート
ふろく 2
「デート・ア・ライブ」×
「ジュニアハイスクールD×D」
ビッグサイズポスター
イラスト／つなこ　※実際のイラストとは異なります。

ファンタ
清楚な女の子が
スカートを
短くしたのは
俺のせいだ。
すまん! クラスで人気の文学少女が
スカートを短くしたのはオレのせいだ
著:丼森奇恋 イラスト:うなさか
──こいつ、女殴ってそうな男だな。……と、オレは周りから思われている。実際は普通極まりない一般人なのだが「理比斗くんのおかげでオトナになれました!」クラスで人気の文学少女・葉桜の一言で一変した!
新作!

新　刊

魔王との戦いが
思い出になった頃——
世界を巡る旅に出た。
新作!

魔王討伐から半世紀、
今度は名もなき旅をします。

著:じゃがバター　イラスト:toi8

魔王討伐の旅から50年——女神との約束によって若返った《剣聖》スイルーンは、過去の旅路を辿ることに。最強の元・相棒や、最愛の孫娘たちと歩む、騒がしくも気ままな"二度目"の冒険……こういうのも悪くない。

その他今月の新刊ラインナップ

- **ジュニアハイスクールD×D**
  転校生はサムライガール
  著:東雲立風　原案・監修:石踏一榮
  イラスト:みやま零
- **二番目な僕と一番の彼女 2**
  著:和尚　イラスト:ミュシャ
  ※電子書籍限定での発売となります。
- **美少女揃いの英霊に育てられた俺が人類の切り札になった件 2**
  著:諸星悠　イラスト:kodamazon
- **金属スライムを倒しまくった俺が【黒鋼の王】と呼ばれるまで 3**
  ～仄暗き迷宮の支配者～
  著:温泉カピバラ　イラスト:山椒魚
- **貴族令嬢。俺にだけなつく 4**
  著:夏乃実　イラスト:GreeN
- **異世界でチート能力《スキル》を手にした俺は現実世界をも無双する ガールズサイド 5**
  ～華麗なる乙女たちの冒険は世界を変えた～
  著:琴平稜　原案・監修:美紅
  イラスト:桑島黎音

※ラインナップは予告なく変更になる場合がございます。

202
5

メ デ ィ ア ミ
VTuber nandaga haishin kiriwasuretara densetsu ni natteta
VTuberなんだが配信切り忘れたら伝説になってた
著：七斗七 イラスト：塩かずのこ
衝撃のVTuberコメディ、TVアニメ2024年7月放送開始!!
CAST
心音淡雪：佐倉綾音 宇月聖：小林ゆう
彩ましろ：水野朔 祭屋光：Machico
柳瀬ちゃみ：菊池紗矢香
©七斗七・塩かずのこ／KADOKAWA／「ぶいでん」製作委員会
最新3巻好評発売中!
魔王2099
THE LORD OF IMMORTALS BLOOMING IN THE ABYSS F.E.2099
著：紫大悟 イラスト：クレタ
TVアニメ2024年秋放送決定!
CAST
ベルトール：日野聡 マキナ：伊藤美来 高橋：菱川花菜
©2024 紫大悟・クレタ／KADOKAWA／魔王2099製作委員会
公女殿下の家庭教師
Tutor of the His Imperial Highness princess
七野りく
ILLUSTRATION cura
アニメ化決定!!
異世界でチート能力《スキル》を手にした俺は、現実世界をも無双する
I got a cheat ability in a different world, and became extraordinary even in the real world.
著：美
イラスト：桑島黎
新アニメ企画進行中!!
シリーズ累計300万部突破!
※文庫＋コミックス（ともに電子版を含む）
©美紅・桑島黎音／KADOKAWA／いせれべ製作委員

ジア文庫5月の
貞操逆転異世界で、
貴重な回復魔法を使える俺は
女性にモテまくる!?
男女の力と貞操が逆転した異世界で、
誰もが俺を求めてくる件
著:タジリユウ　イラスト:さなだケイスイ
新作!
「は、早く胸を隠してくれ！」スライムに服を溶かされているところを女性パーティに助けてもらったソーマ。男女の力と貞操が逆転した異世界で回復魔法を使えるソーマにギルドの面々や女王さえも言い寄ってきて!?

「それではお邪魔します」

どうやらこの人は俺が治療士であることをまだ知らないみたいだな。

孤児院の中に入れてもらうと、外見と同じように中もあまり綺麗とは言えない部屋であった。

「うわ～格好いいお姉ちゃん達だ！」

「冒険者だ。かっけえ～！」

「綺麗なお兄ちゃんもいる！」

部屋の中にはたくさんの子供達がいた。確かにこの世界は女性が多いというだけあって、十二人の子供のうち十人が女の子だ。それにネコミミとイヌミミがある獣人もいる。

どの子も可愛らしいなあ。でもやっぱりみんなあまり食べられてないのか、だいぶ痩せている。

「「「いただきます！」」」

ガツガツガツ
「「「…………」」」

せっかくなのでと俺達も孤児院の子供達と一緒に晩ご飯を食べることになったのだが、

みんなすごい食欲である。

串焼きとか日持ちしない食料はともかく、数日分の食料と思って買ってきたパンなども食べ尽くされそうな勢いだ。

「す、すみません！　最近子供達にはお腹《なか》いっぱい食べさせることができていなかったもので……」

「いえ、みんな元気で良いじゃないですか」

子供は元気にお腹いっぱい食べているほうがいい。

「しかし、孤児院がこれほど厳しい状況なのは知らなかったな。確かこの街の騎士団や冒険者ギルドから、多少の寄付金があると聞いていたのだが……」

「はい、騎士団や冒険者ギルド様からは寄付のお金をいただいているのですが、最近は孤児の数が増えすぎて、まともにご飯も食べさせられていないのが現状です」

「ブラザーは甘すぎるんですよ！　子供達は八人くらいしか受け入れられないのに、どんどん受け入れてしまって……今はまだ暖かいからいいですけれど、寒くなったらどうするんですか。このボロボロの孤児院で寒さをしのげるか分からないんですよ！」

「うう……ごめんなさい。職員のミーナには苦労をかけているけれど、ここを頼ってくる子供達の受け入れを拒んで、孤児院の外に放り出すわけにはいかなかったんだ……」

ミーナと呼ばれたのは二、三十代くらいの女性だ。彼女も苦労しているからか、あまり食べられていないかは分からないが、だいぶ痩せている。

……ものすごく真面目な話をしている最中にあれだが、シスターの男性版をブラザーと呼ぶことに違和感があるのは俺だけなんだよな。

「大変なのだな。あとで私も少しだが寄付をさせてくれ」

「本当ですか！　ありがとうございます！」

さすがにこの惨状を見てしまうと何もしないわけにはいかないな。

「ソーマお兄ちゃん、みんなの分のご飯も買ってくれて本当にありがとう！」

マーヴィンさんの話の途中でリーチェが抱きついてきた。

ソーマお兄ちゃん――なんていい響きだ！

元の世界で妹はいなかったが、妹がいたらこんな感じなのかもしれない。

リーチェは小学校五、六年生くらいだろうか。この孤児院の中でも大きい方である。茶色い髪に綺麗な緑色の瞳をしている。

……ほんの少しだけ、胸も膨らんできているようだ。

「うん、リーチェが良い子にしていたらまた明日も来るからね」

「やったー！」

「……子供は無邪気でずるい」

「……あんなふうに男に抱きついても許されるんだからいいよなあ。くそっ、俺も子供の頃にもっと男にくっついておけばよかったぜ」

フロラとフェリスが何か言っている。まあ、気軽に異性に抱きつけるのは子供の特権だよね。

そのあとはリーチェや孤児院の子供達と遊んだ。

女の子達はエルミー達と冒険者ごっこをして、男の子達は俺とおままごとを望んでいた。やっぱりその辺りも元の世界とまったく反対だったな。

◇◇◇

「ソーマさん、今日の診察はここまでです」

「はい、分かりました」

今日の治療所での治療が無事に終わり、治療所を手伝ってくれている冒険者ギルドの職員さんが声を掛けてくれた。

「今日も帰りは孤児院に行くのか？」

治療所を出て市場へ向かう途中にフェリスに尋ねられる。

「そうだね。あんまりあそこの孤児院にだけ寄付するのも良くないとは思っているんだけれど、あの孤児院の現状を知っちゃうとね」

「ふふっ、ソーマらしいな」

「さすが黒髪の天使」

「……フロラ、それはマジでやめてってば」

さすがに男の俺にその呼び方は心に深いダメージを負うのでやめてほしい。

昨日と同じように市場でいろいろと購入する。さすがに毎日孤児院へ寄るわけにもいかないから、今日は数日分の食料を購入した。


「あれっ、お客さんかな？」

買い物を終えて孤児院へ行くと、何やら話し声が聞こえてくる。孤児院の建物の前ではマーヴィンさんとミーナさんが二人の女性と何か話しているようだ。

最初は俺達のように孤児院に寄付をしに来た人達かなと思っていたが、どうやら違うらしい。

「ブラザーさんよお、そろそろ溜《た》まっている借金を返してくれよ」

「借りた金はきっちりと返してくれないと、こっちも困るんだよねえ～」

「以前もお伝えしたように、前任者から借金の話は何も聞いておりません！」

「おいおい、こっちにはちゃんと借用書があんだよ。孤児院の前任者が借りた金は今の責任者がきっちり払ってくれねえとなあ」

「そ、そんな……」

「前任者の借金なんて払う必要ないわ！」

「へへっ、知らねえなあ」

「金が返せねえなら、その身体《からだ》で支払ってもらうとするか。ブラザーくらいの若くて綺麗《きれい》な男ならいくらでも返せるあてがあるだろ？」

「…………」

あれだ、きっと悪徳金融かなんかが、マーヴィンさんとミーナさんにいちゃもんを付けているという場面なのだろう。

だけど俺の目にはチンピラ風の女性二人が男性のブラザーに詰め寄るという、ものすごく不自然な光景が映っている。

「てめえら。いったい何してんだよ！」

さすがに耐えられなくなったフェリスがチンピラ達の前に出ていく。

「ああん？　誰だてめえは！」

「おいおい、俺達は今こっちのブラザーと話しているんだよ！」

「フェ、フェリスさん⁉」

突然の乱入者であるフェリスに対してメンチを切るチンピラと、驚いている様子のマーヴィンさんとミーナさん。

「そこまでにしておいたらどうだ。今のは明らかに脅迫だろう？」

「そもそもその前任者の借金を払う必要がない」

フェリスに続いてエルミーとフロラも前に出る。俺もチンピラの女性に少しビビりながらも二人の後ろに続く。

「へっ、冒険者どもか。おっ、後ろにいる男はいい男じゃねえか！　たまんねえなあ！」

チンピラが俺を舐《な》めまわすように見てくる。

……う〜ん、この世界に来てから女性に見られることはよくあるけれど、こういうチンピラ達は少し俺の苦手なタイプだ。

「お、おい。こいつらはAランク冒険者の蒼《あお》き久遠《くおん》の連中だ！」

「なんだと⁉」

どうやらこのチンピラ達はみんなのことを知っているらしい。

「……ちっ、面倒なやつらだぜ」

「今日のところは引いといてやる。おい、ブラザー。ちゃんと、金を用意しておけよ！」

捨て台詞《ぜりふ》を残してチンピラ達は孤児院から立ち去っていった。


「皆さん、本当にありがとうございました！」

二人のチンピラが孤児院から去っていき、マーヴィンさんが頭を下げた。ミーナさんとフェリスは先ほどのチンピラに怯《おび》えてしまった子供達を宥《なだ》めてくれている。

とりあえず子供達に暴力は振るわれていなかったが、いきなり訪れた強面《こわもて》のチンピラ達にとても怯えている。

「問題ない。それよりもあいつらは何者なんだ？」

「あの人達はアントリ金融の人達です。私は一年ほど前に、この孤児院にやってきたのですが、どうやら前任者のブラザーがお金をそちらから借りていたようで、利子のついたそのお金を私達に払えと、最近になって孤児院のほうまで押しかけてきまして……」

エルミーの質問にマーヴィンさんが答える。

「アントリ金融、この街でも悪い噂《うわさ》しか聞かない悪徳金融。わざと利子が溜まるまで時間をおいたか、そもそも前任者の借金自体が嘘《うそ》だったり、前任者と組んでいる可能性まである」

フロラの話を聞くに、本当にろくでもない悪徳金融のようだ。

マーヴィンさんは一年ほど前にこの孤児院にやってきたとのことだが、その割にはリーチェ達がとても懐《なつ》いていたから、とてもいいブラザーなんだろうな。

……その一方で、前任者のブラザーがよっぽどろくでもない男だったに違いない。この孤児院がボロボロになっていることから考えて、領主や冒険者ギルドからの寄付も横領していた可能性なんかも十分にある。

「実際にこの国の法律的にその借金はどうなるの？　さすがにこんな無法が許されたりはしないよね？」

ふと思ったことを口にしてみたが、エルミーとフロラは腕を組んで唸《うな》る。

「……さすがに無効になると思いたいが、そのあたりについて私は専門外だ」

「私もこの国の主要な法律は知っているけれど、細かいところまでは分からない。こういうのはたぶん騎士団の人が詳しい」

「なるほど。多分バートは今日騎士団に出ていると思うから、いろいろと聞いてみようか」

「そうだな。それとアントリ金融についても調べてもらいたいところだ」

「あとは冒険者ギルドにも一応報告しておきたいところ。あいつらはソーマのこともジロジロ見ていたし、危険！」

フロラの言う通り、冒険者ギルドのターリアさんにも伝えておいた方が良さそうだな。

「皆様にまでご迷惑をお掛けしてしまい、本当に申し訳ございません！」

「いえ、どう考えても相手が悪いですから。それに子供達を怖がらせるようなやつらをそのままにはしておけませんよ」

あんなのただのいちゃもんだろ。

それにまだ小さい子供達はあのチンピラ達にかなり怯えていた。リーチェや他の子供達を怖がらせたことは絶対に許してはいけない。

「なるほど……アントリ金融については騎士団の方にもいろいろな報告が上がっているよ。でも、そのほとんどが悪い噂ばかりだね」

孤児院を出て、フェリスとフロラと一緒に騎士団にいるバートの元を訪れた。エルミーは冒険者ギルドのターリアさんに孤児院のことを伝えに行ってくれている。

「う～ん、法律の方は僕にはちょっと分からないから、副団長に聞いてみるよ」

「ありがとう、バート」

「これくらいなんでもないよ。皆さんには命を助けてもらった恩があるからね。でもソーマはあんまり無理しちゃだめだよ。自分も護衛される側だってことを忘れないでね」

「まったくだぜ。でもまあ、そこがソーマのいいところでもあるんだけどな！」

「出会った時から変わらずに優しくて真っ直《まっす》ぐ」

「フェリス、フロラ……」

そこまでストレートに褒められると、ちょっとだけ恥ずかしくなってくる。確かに俺が他の人を治療するために考えなしに動いたり、バートの捜索部隊に無理やり同行しようとしたり、みんなにはたくさん迷惑をかけてしまったもんな。

「……ご馳走《ちそう》さま。いいなあ～僕もソーマみたいに皆さんのような素敵な恋人がほしいよ」

「「「恋人っ⁉」」」

バートのいきなりの発言に、俺とフェリスとフロラの声が重なってしまった。

いきなり何を言っているんだ、バートは！

「い、いやいや！　べ、別に俺達はソーマと恋人ってわけじゃねえぞ！」

「ここ、恋人じゃない！」

「あれ、そうなんですね。すみません、三人ともすでに結婚していてもおかしくないくらい仲が良さそうだったので、つい」

「「結婚っ⁉」」

またしても俺とフェリスとフロラの声が重なる。しかし一つ気になることがあった。

「バート、この国だと重婚って認められているの？」

そう、三人で結婚ということは、この世界のこの国では重婚が認められているということになる。

「そうか、ソーマは別の国から来たって言っていたよね。この国だと女性は一人までだけれど、男性は何人とでも結婚ができるよ。魅力的な男性なら三、四人と結婚をしている人もいるね」

「そ、そうなんだ」

どうやらこの国では重婚がオッケーらしい。まあ、男女比が一対三というわけだから、普通に考えたら、子孫を作るという意味からも、男性側は複数人と結婚してもいいということは理解ができる。

そういえば、治療所に治療に来た人の中にも、複数人の女性に囲まれた男性の患者さんがいたな。あれは複数人の女性と付き合っていたか、結婚していたのかもしれない。

「おかえり。ギルドマスターに話してきたぞ。明日詳しいことを教えてくれるそうだ……

というか、フェリスとフロラはどうしたんだ、顔が真っ赤だぞ？」

「な、なんでもねえよ。ちょっと顔を洗ってくるぜ」

「……なんでもない」

フェリスとフロラはさっきバートに言われたことをまだ気にしているようだ。

う〜ん、それにしても結婚かあ。

この世界だと俺やみんなの年くらいで結婚することが普通なようだけれど、さすがに元の世界で高校生だった俺には結婚と言われても、いまいちピンとこない。そのうえ、重婚なんて余計にピンとこないな。そもそも結婚以前に、初めての彼女を作らなければ……

◇◇◇

「う〜む、アントリ金融の噂は冒険者ギルドの方にも届いているが、悪い噂が多い。とはいえ、一応は商業ギルドに正式に届け出を出してある金融組織であるから、冒険者ギルドから何かを言うことはできないな」

「なるほど……」

翌朝、いつもよりも少しだけ早く治療所にやってきて、隣にある冒険者ギルドへ顔を出して、冒険者ギルドマスターのターリアさんの話を聞きに来ている。

「商業ギルドにも確認したが、前任者個人でアントリ金融からお金を借りているのではなく、孤児院としてお金を借りていたのであれば、孤児院としての返済義務はあるようだ」

「そうなんですか……」

どうやらあんな無茶苦茶な要求ではあるが、借りた状況によっては孤児院に返済義務が発生してしまうらしい。あのチンピラ二人が要求してきた金額はかなり高額で、少なくとも今の俺個人が持っているお金で支払える額ではない。

治療士として高額な治療費を貰《もら》っている俺でも、当分の間は働かないと稼げない金額なので、少なくとも普段の食事にも困っている孤児院で払える金額ではないだろう。

「やはりここは前任者を探し出すことと、その借用書が本物であるかを確認することが先決ではないか？」

「ああ、人探しなんかは冒険者ギルドに依頼をすりゃあ、すぐに行方が分かるだろ」

「騎士団の方には私が聞いてみる。普段騎士団を手伝っている貸しを返してもらう」

「前任者の行方のほうは儂《わし》が冒険者ギルドでも調べておこう。……もっとも、生きていればの話だがな」

おう……そういう可能性もあるのか。

「ありがとうございます、ターリアさん」

「いつもソーマ殿には世話になっているから、このくらいは当然だ。それとそのアントリ金融の者がまた孤児院にやってくる可能性も高い。そちらの護衛も冒険者ギルドの方から派遣しておこう」

「なにからなにまで本当にありがとうございます」

とりあえず孤児院の前任者の方は冒険者ギルドと騎士団に任せるとしよう。

それにターリアさんの言う通り、俺達が治療所で治療をしている間にまた昨日のチンピラ達が現れる可能性がある。

護衛がいれば、あいつらもそこまで無茶はできないだろう。

コンッ、コンッ

「んっ、どうした？」

話が纏《まと》まったところで、部屋のドアにノックがあった。

「ギルドマスター、ソーマ様、お話し中に申し訳ございません。この子がソーマ様に至急お会いしたいと……」

「ソーマお兄ちゃん！」

「リーチェ⁉」

ギルド職員さんと一緒にギルドマスターの部屋へ現れたのは孤児院にいたリーチェだ。

リーチェは泣きながら俺に抱きついてきた。

「ひっく……ソーマお兄ちゃん。ブラザーが、ブラザーが……」

「マーヴィンさんがどうかしたの!?」

泣きながら俺に縋《すが》ってくるリーチェを宥《なだ》めながらゆっくりと話を聞く。

リーチェの話によると、先ほど孤児院に武器を持ったアントリ金融の女が大勢現れたらしい。そしてブラザーのマーヴィンさんがリーチェ達孤児院の子供達とミーナさんを守るために、その女達に連行されてしまった。

くそっ、ミスったな。エルミー達がAランク冒険者ということをチンピラ達は知っていたし、先手を打たれてしまった！

「うう……僕達を守るためにブラザーが……」

「リーチェ……」

リーチェがこんなにも泣いている。こちらの世界では女の子の方が強いといってもリーチェはまだ小学校高学年くらいの年頃だし、それも当然だ。

それにきっと目の前でマーヴィンさんが自分達を庇《かば》って連れ去られたことで、自らの無力さも感じているのだろう。

リーチェとはまだ出会って数日しか経《た》っていないが、自分を慕ってくれている子供を泣かされることにこれほど腹が立つとは思ってもいなかった。

　俺自身に力がないことは百も承知だ。だけどこのままこの子を泣かせたままにしておきたくない！

「さあ、早速そのアントリ金融とやらに乗り込むとしよう。そうだよな、ソーマ」

「エルミー……」

「ああ。むしろいろいろと調べる手間が省けたじゃねえか！」

「早く行かないとブラザーの貞操が危険」

「フェリス、フロラ……」

　どうやらみんなも俺と同じ気持ちのようだ。

「言っておくけれど、向こうは一応正式な金融組織だ。下手をすればみなの責任問題になりかねないよ。最悪の場合には冒険者資格の剝奪まであり得るということはちゃんと頭の中に入れておくんだね」

　ターリアさんがみんなに忠告する。

　そう、マーヴィンさんが連れ去られたとはいえ、相手は商業ギルドに正式な届け出をした金融組織で、本物かは分からないが借用書まである。

　下手をすれば、みんなが冒険者資格を剝奪されるどころか、逮捕されてしまうなんてこともあり得てしまう。

「へっ、そんなもんは問題ねえよ！」

「ああ、その時はその時だ」

「その時は別の仕事を探すから問題ない」

みんなが格好良すぎて俺の中の好感度が天井知らずに上がっていくんだが！　いやもう、少年漫画やアニメの主人公みたいなんだけど！

……みんながそんな覚悟を見せてくれるというのなら、俺にも相応の覚悟がある！

「大丈夫だよ、みんな。今回の件はいざとなったら、俺が責任を取るから！」

「「「せ、責任⁉」」」

みんなには黙っていたが、俺の本当のジョブは男巫《おとこみこ》ではなく聖男《せいだん》である。ただでさえ治療士は珍しい存在で、その上位ジョブである男巫は更に希少、そしてその最上位のジョブである聖男であれば、この世界に一人しかいないなんて可能性もある。

いざとなれば、俺が聖男であることをこの国の国王様に伝えようと思う。そうすれば、この街の一組織を潰したところで、みんなが処罰を受けるわけがないだろう。

もちろん、その分面倒ごとに巻き込まれたり、国に囲い込まれたりする可能性も十分にある。だが、みんながこれだけの覚悟を見せてくれたことだし、俺も相応の覚悟を見せよう。

（せ、責任とはそういう意味だよな！　ソ、ソーマとの結婚……はわわ！）

（男としての責任。つ、ついに俺も処女を捨てる時が！）

（責任……結婚……初夜……子供は三人欲しい！）

「えっと、みんな大丈夫？」

エルミー、フェリス、フロラは顔を真っ赤にして、みんな一人でぶつぶつと呟《つぶや》いている。

「あ、ああ、大丈夫だぞ！　ブラザーが心配だ。早くアントリ金融へ行こう！」

「おう、邪魔するやつらは全員ぶっ飛ばす！」

「むしろいくらでも処罰すればいい！」

おお、なぜだか分からないが、みんなものすごくやる気だ。

「リーチェ。マーヴィンさんは必ず助け出してくるよ。だからリーチェはここでおとなしく待っていてくれ」

「ソーマお兄ちゃん、本当？」

「ああ、約束だ！」

リーチェの頭を優しくなでる。こんなに可愛《かわい》い女の子を泣かせやがって！

絶対に後悔させてやるからな！

「……ソーマ殿の覚悟は十分に分かりました。私もできる限りお力になります」

「ターリアさん、本当にありがとうございます！」

「いえ、ソーマ殿にはどれだけの患者の命を救ってもらったか分かりませんからな。ですが、その……エルミー達の前で、ソーマ殿のような男性がそう簡単に責任などという言葉は使われない方が良いかと……」

「へっ……？」

どういうことだ？

責任……責任……あっ、そういうことか！

どうやらこちらの世界だと、男性の責任という言葉の意味は俺が思っていたよりも遥《はる》かに重いらしい。

◇◇◇

「邪魔だ、どけ！」

「がはっ……」

とんでもない速さのエルミーの峰打ちが見事にナイフを持ったチンピラの脇腹に決まる。

「邪魔！　バインド！」

「な、なんだこの鎖は！」

「くそっ、引きちぎれねえ！」

フロラの唱えた拘束魔法による鎖が地面から現れ、チンピラ達を拘束する。

「道を塞ぐんじゃねえよ！」

「ぎゃあああ……」

「ぐはあああ……」

フェリスの大盾によって吹き飛ばされたチンピラ達が、階段の下へと転がっていく。

現在、アントリ金融のアジトの中へと突入している。結局あのあと騎士団に連絡を入れつつ、そのまま蒼き久遠のみんなとターリアさんと共にアントリ金融の拠点へとやってきた。

当然のごとく、アントリ金融の建物の前には見張りをしていたチンピラの女性達がいたのだが、武器を出して止めようとしてきたので、正当防衛ということにして建物に突入し、マーヴィンさんを捜している。

「……なんともすごい勢いだ。ソーマ殿は儂《わし》から離れないように」

「はい」

三人の勢いは凄《すさ》まじく、襲ってきたチンピラ達を一瞬で返り討ちにしていく。本来であれば盾役のフェリスまでもが思いっきり前に出ているので、俺はターリアさんの傍《そば》を離れないでいる。

……三人があまりにも張り切っていたので、先ほど俺が述べた責任については特に触れないでいた。

三人が俺のことをどう思っているのかは置いておいて、俺としても女性と付き合ったことがないのに、いきなり複数人の女性と結婚なんて無理なのだが、さすがにこの状況でそんなことを言えるわけがないので、その件については先送りにしている。

「よし、ここがボスの部屋だな！」

さすがAランク冒険者だけあって、アントリ金融にいたチンピラ達を一瞬で蹴散らしていく。一応は手加減しているようで、俺が見ている限り、チンピラどもの中で大きな怪我《けが》を負っている者はいなかった。

途中で倒したチンピラ達を締め上げて吐かせた情報によると、マーヴィンさんが捕らえられているのは、このアントリ金融のボスがいるこの部屋らしい。

「よっしゃ、とりあえずこのままボスの野郎をぶっ飛ばせばいいんだな！」

「ソーマがいるとはいえ、さすがに大怪我をさせるのは駄目。ギリギリのところでボコボコにする」

「…………」

うん、どう考えてもこちらのほうが悪役の台詞《せりふ》に思えるが、悪いのは相手だからね。

「はっ！」

鍵が掛かっているドアをエルミーの剣が一瞬で切り裂く。これくらいのドアならエルミーの剣技の障害にはならない。

「うおっ、入ってきやがった⁉」

「ば、馬鹿な！　他のやつらはもうやられたっていうのかよ！」

ドアの先には武装した大勢の女性達がいた。ナイフや剣を持った女性のチンピラ達が十人以上おり、ドアを破壊した俺達に剣を向けている。

「そ、それ以上近付くんじゃねえ！」

そしてその一番奥には頬に大きな傷を持った大柄な女性が、マーヴィンさんにナイフを突きつけていた。

よかった、マーヴィンさんはまだ無事のようだ。

「て、てめえらはいったい何なんだ！　この俺を誰だと思っているんだ！」

どうやらこの頬に傷のある女性がボスで間違いないようだ。すでに部下の大半を失い、自分の部屋にまで踏み込まれたことに対してものすごく狼狽《ろうばい》している。

「アントリ金融のボスだろう？　その人を放してもらおうか！」

エルミーがボスを相手に剣を向ける。

「正気か⁉　たかが孤児院のブラザー一人のためにここまで来たっていうのかよ！」

「そういうこった。攫《さら》った相手が悪かったようだな！」

「こ、こっちは貸していた金を回収していただけだ！　なんの問題があるってんだよ、ちくしょう！」

「問題がなかったとしても、それはそれで構わない」

「い、イカれていやがる！　こ、こいつがどうなってもいいのか！」

そう言いながら、人質のマーヴィンさんを前に突き出し、首元にナイフを突きつける女ボス。

男女が逆なおかげで、違和感しかないが、そんなことを気にしている場合ではない。

さすがにみんなもマーヴィンさんを人質に取られては手を出せないでいる。

「へへ、さすがにこいつがいちゃ手を出せないようだな！　おらっ、全員武器を捨てやがれ！」

「皆さん、私のことは構いません！　どうか孤児院の子供達のことをお願いします！」

こんな状況でもマーヴィンさんは自らを犠牲にしようとしている。だが、もちろんそんなことはさせない。

「うるせえ！　てめえは黙っていろ！」

「うわっ⁉」

「危ない！　バリア！」

ガンッ
「いてえ、何だこりゃ！」

「よしっ！」

とっさにマーヴィンさんの眼前の空間に障壁魔法によるバリアを展開する。そしてそのバリアに向かって殴りかかった女ボスの右手が障壁魔法によって弾《はじ》かれた。

障壁魔法であるバリア。この魔法は治療士が使うことのできる防御用の魔法で、俺の視界の範囲内に強固な半透明の障壁を出現させることができる。

しかし、このバリアという魔法は対象物の周りに直接張ることはできず、何もない空間にしか張れない。

今回はマーヴィンさんと女ボスの間に三十センチメートル四方の障壁を張ったが、うまくいったようだ。毎晩魔法の練習をしていた甲斐《かい》があって、本当によかった。

「エルミー、今だ！」

「はっ！」

「ぎゃあああっ！」

俺がそう言うのとほぼ同時くらいにエルミーの高速の剣が女ボスの右腕に打ち下ろされ、女ボスは持っていたナイフを取り落とす。

鞘《さや》に納めたまま剣を打ち下ろしたため、右腕が変な方向に曲がっている。

「おらあっ！」

「ストーンバレット！」

「「ぎゃあああああっ！」」

エルミーの攻撃を皮切りに、フェリスとフロラも戦闘に参加する。

完全に虚を衝《つ》かれたチンピラ達はあっという間に床へと転がった。

どうやらマーヴィンさんも大きな怪我はなさそうだ。無事に何とかなったようだな。

◇◇◇

「ブラザー！」

「よかった、無事だったんだね！」

「ああ、よかった！　みんなも怪我はない？」

「うん！」

「大丈夫だよ！」

「ブラザー、本当に無事でよかったです！」

マーヴィンさんとみんなの感動の再会である。子供達はマーヴィンさんに抱きつき、マーヴィンさんは涙を流して喜んでいる。ミーナさんも本当に嬉《うれ》しそうだ。

「うん、みんな本当によかったよね！」

「ああ、そうだな……」

「みんな無事でなによりだぜ……」

「怪我がなくて本当によかった……」

俺の問いに対して、みんなの声は若干暗い。おそらく例の責任とやらのせいだろう。

アントリ金融を制圧した後の処理はいろいろと大変だった。

蒼き久遠のみんなのおかげで、無事にアントリ金融にいた女ボスを含めたチンピラどもを全員捕縛することができた。幸い……というべきなのかは分からないが、みんなが手加減をしてくれたおかげで、相手側にも大きな怪我を負った者はいない。

そのあとは事前に呼んでいた騎士団達も駆け付け、アントリ金融の調査に加えて、捕まえたやつらの尋問が行われた。

その結果、アントリ金融の経営は真っ黒も真っ黒。貸し付けをしていた人への暴力や恐喝、この国の法律を超えた利子での貸し付けに脱税など、悪事の限りを尽くしていたことが判明した。

しかし、それらの悪事を隠す手腕だけは優れていたようで、これまで騎士団に摘発されるようなことはなかったらしい。

もちろんこの孤児院への借金も嘘《うそ》で、この孤児院の前任者と共謀したことだと自供した。更に前任者は孤児院への寄付金の着服も発覚し、無事に逮捕されることとなった。

そんなわけで無理やりアントリ金融に踏み込んだ俺達については、やり方に多少は問題があったとはいえ、結果的にはこの犯罪者集団を捕まえたという功績により、無罪放免となった。

おかげで、俺は責任を取る必要がなくなったというわけだ。

「ソーマさん、皆さん、この度は本当にありがとうございました。この御恩は決して忘れません！」

「皆さんには本当にお世話になりました！」

マーヴィンさんとミーナさんが俺達に向かって頭を下げる。

「いえいえ、結果的に悪い金貸しが捕まってよかったですよ。それに子供達や二人にも大きな怪我がなくて本当によかったです」

「お姉ちゃん、ありがとう！」

「俺、お姉ちゃんみたいな格好いい冒険者になる！」

子供達にもようやく笑顔が戻り、二人を救い出してくれた感謝と尊敬の眼差《まなざ》しをみんなへと向けた。

「……そうだな。みんなが無事で本当に何よりだぞ！」

「ああ。やっぱりガキどもは笑っているほうがいいな！」

「みんな無事でよかった！」

どうやら三人とも子供達の笑顔によって元気になったようだ。やはり、子供達の可愛《かわい》らしい笑顔はどんな世界でもみんなを元気にしてくれるものなのだな。

「ソーマお兄ちゃん！」

「おっと、リーチェ」

リーチェが俺に飛びついてきた。男としてのプライドでなんとか倒れずにリーチェを抱きかかえる。やはりこちらの世界ではまだ子供でも女の子の力はなかなかなんだよな。

「ちゃんと約束は守ったぞ」

「うん。ソーマお兄ちゃん、ブラザーを助けてくれてありがとう！　大好きだよ！」

ちゅっ

「へっ……」

「「「んなっ⁉」」」

あまりにも驚いて、我ながら間抜けな声が出てしまった。それと同時にみんなの驚きの声が上がる。

俺の右の頬にリーチェの柔らかな唇の感触が伝わった。

べ、別に子供から頬へキスされたくらいで動揺しているわけじゃないぞ！

「えへへ～ソーマお兄ちゃん、大好きだよ！　僕が大人になったら、ソーマお兄ちゃんと結婚するんだ！」

「……そうだな。リーチェがとびきりのいい女になったら結婚してくれると嬉しいな」

「本当⁉　絶対、絶対、約束だからね！」

これくらいの子供はませているな。可愛いらしいリーチェが成長したら、たぶん美人になるに違いない。でもきっと、本当に美人に成長したら、こんな約束は忘れちゃうんだろうなあ。

「……ソーマ、ニヤニヤしすぎだぞ！」

「べ、別にニヤニヤなんてしてないよ！」

やべっ、顔に出てしまっていたか。

頬とはいえ、可愛い女の子にキスをされて嬉しくない男なんて存在するわけがないのである。

「エルミー、さすがにあんな子供にヤキモチ焼くのはどうかと思うぞ……」

「んなっ⁉」

フェリスからエルミーに突っ込みが入った。

「羨ましい気持ちは分かるけど、さすがに子供相手にそれはない……これだから男と付き合った経験がないムッツリは……」

「うぐっ……男性と付き合ったことがないのは二人も同じだろ！」

「べ、別に俺は単に特定の男を作っていないだけだぜ！」

「私もいないんじゃなくて作らなかっただけ」

……あっ、なんかこの反応は覚えがあるな。

具体的に言うと、彼女がいたことがない男子クラスメイトが、ちょっと見栄《みえ》を張ってしまったやつだな。その辺りは元の世界と一緒みたいだ。

なんにせよ、エルミー達も孤児院のみんなも怪我《けが》一つなくて本当によかった。

◇◇◇

「うおおおおおお‼」

雲一つない晴れた青空、照り付ける眩《まぶ》しい日差しに美しく広がる青い海、そして大勢の上半身裸の女性達！

俺は今この世の天国にいる！

「ど、どうしたの、ソーマ⁉ もしかして海を見るのは初めてだったりする？」

おっと、いかん。あまりにも素晴らしい光景に目を奪われて、思わず力の限り叫んでしまっていた。隣にいたバートが心配そうに俺を見ている。

「ごめん、あまりにも素晴らしい景色だったから、ついつい叫んでしまったんだよ」

「なんだびっくりしたよ。でも本当に天気もいいし、海も綺麗《きれい》で最高だよね！」

そんなものよりも遥《はる》かに素晴らしい光景が目の前に広がっているだろう‼

——という心からの突っ込みをなんとか抑える。こっちの世界の海では、この素晴らしい光景は日常的なんだな……

ああ、神様！ この世界に俺を連れてきてくれて心の底から感謝します！

俺達は今アニックの街から馬車で二時間ほど離れたシャロナという村の近くにある海水

浴場へとやってきている。というのも先日、治療所にとある一つの依頼があったのだ。

「ソーマ殿、実は一つ相談があるのだ」

「はい、何でしょう？」

アントリ金融をみんなと一緒にぶっ潰してから数日経《た》ち、ようやくいつも通りの日常が戻ってきた。

そんな中、いつもの治療所での治療が終わった後に、冒険者ギルドマスターのターリアさんから呼び出しがあった。

「この街から馬車で二時間ほど離れた場所にシャロナという名前の村がある。そちらの村は海に面していて村の者達は漁業をして生活を営んでいるのだが、あまり裕福な村ではないのだ」

「なるほど」

「そしてその村に先日魔物の群れが現れ、多くの怪我人が出てしまった」

「えっ、それは大丈夫なんですか⁉」

「ああ。魔物の群れは村にいた者達と、村から連絡を受けた騎士団の者達が殲滅《せんめつ》してくれた。怪我人は多くいたが、幸い亡《な》くなった者はいなかったようだ」

「そうですか、それはよかったです！」

この世界では魔物による被害なんかも多い。先日バートを助けた時に騎士団の副団長達がこの街を離れていたのも、近くの村から魔物出現による緊急の救助要請があったからだ。

「ただ、シャロナの村には多くの怪我人が出てしまった。本来ならばこの街の治療所まで来てもらい、ソーマ殿の治療を受けてもらうのが良いのだが、なにぶん怪我人の数が多いことと、安静にしていた方が良い患者もいる。ソーマ殿、その村へ赴き、治療をしてもらうことは可能だろうか？」

「ええ、もちろん構いませんよ」

馬車でたったの二時間であれば、十分に日帰り可能な距離だ。それくらいの移動なら全然構わない。

「それはとてもありがたい。シャロナ村の者もとても喜んでくれるだろう」

「ターリアさんにはいつも良くしてもらっていますからね。それくらいお安い御用です」

冒険者ギルドマスターのターリアさんにはこの街で出会ってから、いろいろと便宜を図ってもらっている。

先日の孤児院の件でも、個人的な頼みを聞いてくれたわけだし、こちらもその恩を返していかないとな。それに怪我人が大勢いるならなおのことだ。

「さすがソーマだ」

「もちろん俺達も護衛でついていくぜ」

「護衛は任せて」

「うん、みんなありがとう」

みんなも一緒についてきてくれるようなので心底ほっとした。よく考えてみれば、この世界でこのアニックの街以外の村や街に行くのは初めてだ。

「もちろんみなの移動費や滞在費は冒険者ギルドと騎士団のほうから支払うぞ。せっかくなら、シャロナの村に一泊するといい。海のある村で、そこで獲《と》れる魚や貝などの海産物は絶品であるぞ」

「海産物ですか、いいですね。それでしたら、お言葉に甘えさせていただきたいと思います」

このアニックの街でも魚や貝は手に入るけれど、海の村で獲れたての魚や貝の方がきっと美味《おい》しいに違いない。

「よろしく頼む。明後日《あさって》の朝に馬車を手配するので、冒険者ギルドまで来てくだされ。もしもこの街で緊急の患者が出たら、シャロナの村へ移動するよう伝えておこう」

「分かりました。よろしくお願いします」

確かに俺達が別の街に出かけて一泊している間に緊急の患者が出たら困るものな。

「最近は暑くなってきたし、海水浴なんかも気持ちがいいはずだ。そういえば、シャロナの村には有名な海水浴場があるぞ」

「「海水浴⁉」」

そんなわけで、俺達はこのシャロナの村にやってきたというわけだ。事前にその話をバートにしたところ、ちょうど休みと重なっていたので、バートも一緒に来てくれた。

昨日は無事にシャロナの村へ到着し、大勢の怪我人を治療して、村の人達から歓迎を受けて、とても美味しい海鮮料理をご馳走《ちそう》になった。

さすがにこの世界では魚を生で食べる習慣はないようだったが、獲れたての魚を捌《さば》いて軽くあぶった料理や、貝を焼いて塩や魚醤《ぎょしょう》をかけた料理なんかは本当に美味しかったな。

昨日はそのまま村で一泊し、たくさんのお土産をいただいて、今朝村を出発した。そしてアニックの街に帰る前にこの海水浴場へとやってきたわけだ。

「まだ暑くなってきたばかりなのに、もうこんなに人が来ているんだね。この辺りの海は有名だから、いろんな街や村から人が集まっているんだと思うよ」

……こんな状況を前にして、よくバートは冷静にしていられるよな。

俺なんて無防備な女性達に申し訳ないと思いつつ、あっちの胸やこっちの胸に自然と目が行ってしまっているというのに！

やはりこちらの世界の男性は女性の上半身なんて見慣れているようだ。

「お～い、ソーマ、バート。こっちだ！」

少し離れたところにいたエルミーが手を振っている。どうやら人が少ない場所にタープのような布を張ったみたいだ。

「お待たせしました。すみません、シートも準備してくれたんですね」

「ああ、こういうのは女の仕事だからな」

「当然のこと」

バートと一緒に移動すると、すでにフェリスとフロラもそこにいた。

みんながタープを張ってくれたこの場所は人が全然いない場所だった。

残念だと思う反面、いたらいたで上半身裸の女性に囲まれて、主に男の下半身の事情でまったく動けなくなるところだったから、ある意味助かったとも言える。

三人はこの世界の水着を着ている。この世界の海で女性は上半身裸なのが普通らしいけれど、水着もあるので俺の強い要望により、三人には水着を着てもらっている。

……いや、俺だって三人の上半身裸姿なんて見たいに決まっている！　でもそのあとめやくちゃ気まずくなるに決まっているじゃん！　さすがにそんな状況で、同性の友達のように接するなんて不可能だ。

ただでさえ魅力的な三人と同棲《どうせい》しているわけだし、童貞男子高校生の俺が我慢できる自信なんてないんだよ！

というか、今の水着姿でも十分に魅力的だ。パーティハウスでみんなの普段着は見ているが、やはり水着姿は別物なのである。

エルミーはスタイルの良い金髪碧眼《へきがん》の美人なので、ビキニから伸びるスラっとした美しい太ももがとても魅力的だ。

フェリスは普段からサラシを身に付けているが、今日はシャツとショートパンツ型の水着なので、その大きな胸がこれでもかと主張をしており、ついつい目線がそっちへ向かってしまう。

フロラはまだ成長途中な身体《からだ》ではあるが、エルフの少女の可愛《かわい》らしい水着姿が見られただけでも、俺にとっては感動ものである。

本当に海は最高だぜ‼

「ふ、二人ともその服はよく似合っているぞ」

エルミーが俺とバートの服を褒めてくれている。ちなみに俺達の服はというと、上は半そでのシャツで下は膝まである半ズボンだ。

こっちの世界で男性が上半身裸だと痴漢扱いされるようだ。痴漢というのも、元の世界の意味のように嫌がる女性の身体を触るという意味ではなく、露出するほうの意味になるらしい。

反対に嫌がる男性の身体を触ることが痴女行為となるようだ。……改めてこの世界の言語の翻訳能力ってどうなっているんだろうな？

「ありがとうございます」

「うん、ありがとう。みんなもとてもよく似合っているよ」

「そ、そうか！」

「あ、ありがとう！」

若干みんなも恥ずかしがりながら、そう返してくる。

ぶっちゃけ、男である俺の服を褒められても嬉《うれ》しくはないが、みんなの水着姿は本当によく似合っている。

「いやあ、やっぱり男の薄着姿はいいな！　ソーマもバートも本当によく似合っているぜ。どうだい、あっちの草むらで、俺とちょっくら一発——」

「おらあ！」

「ぐえっ！」

フェリスの飛び蹴りを受けて、猫獣人の冒険者であるアルベルさんが吹き飛んだ。

「……まったく、アルベルの馬鹿は相変わらずだな」

「邪魔でしょうがない」

「はは……」

そう、今日はバートとみんなの他にアルベルさんもやってきた。特に誘ったわけではないのだが、昨日の朝に冒険者ギルドでばったりと会って、シャロナの村に行くと伝えたところ、昨日の依頼をすぐに終わらせて今日の朝にここまでやってきたらしい。

バートと俺はアルベルさんが一緒にいることに反対しなかったので、みんなもしぶしぶながらアルベルさんが同行することを了承してくれた。

「……アルベルじゃねえけど、やっぱり薄着の男性はいいよな。胸の形がよく分かるというか」

「いつもよりお尻が綺麗《きれい》に見える」

「こ、こら！　フェリスもフロラもソーマとバートの前ではしたないぞ！」

相変わらず俺には男の胸や尻のどこが良いのかは分からないが、薄着の女性が素晴らしいことには完全に同意する。

「ぺっ、ぺっ。口の中に砂が入っちまったぜ」

フェリスに吹っ飛ばされ、口の中に入ってしまった砂を吐き出しながら、身体に付いた砂を払うアルベルさん。

……ちなみにアルベルさんの上半身は裸だ。猫の獣人であるアルベルさんの胸の周りは毛で覆われているので、大事な部分はギリギリ見えていないが、身体の線がはっきりと見えてしまっているので、ものすごくエロい。

「言っておくが、今回ソーマやバートにセクハラしたらすぐに騎士団に突き出すからな」

「幸い騎士がここにいる」

フェリスとフロラが改めてアルベルさんに警告をする。バートは騎士団に所属しているから、逮捕する権限を持っている。

「今くらいのならギリギリセーフかな。僕の部隊はみんな優しいけれど、やっぱり騎士団に男がいるだけで、そういうことを言われるのはしょっちゅうなんだ」

「バートもいろいろと苦労しているんだな……」

やはり女性が多い中、男として騎士団に勤めるのはいろいろと大変らしい。幸いバートは部隊の人とうまくやっていたみたいだったけれど、それ以外の人には一人の騎士というよりは男として見られてしまうのかもな。

「わ、わりいわりい！　やっぱり男騎士ってだけで、ちょっかいを出したくなっちまうんだよな。次からは気を付けるよ！」

……確かに女騎士とか元の世界の婦警さんみたいな権力を持っている異性だからこそ、悪戯《いたずら》をしてみたいという気持ちは分からなくもない。

「いえ。でもさすがに実際に触ったらアウトになるので気を付けてくださいね」

「お、おう！」

さすがのアルベルさんもそう言われてしまっては、これ以上のセクハラはできないだろう。

「ソーマ。悪いんだが、ちょっと日焼け止めポーションを塗るのを手伝ってくれねえか？　後ろの方まで手が届かねえんだ」

「ソーマ、私も！」

「えっ⁉」

一応こちらの世界にも日焼け止めのようなポーションが存在している。

「ふ、二人とも何を言っているんだ！　男性に日焼け止めポーションを塗ってもらうなんて駄目だぞ！」

「別に俺達がソーマに塗るわけじゃないからいいだろ」

「あっちでもみんな普通にしている」

フロラが指を差した先では、五、六人の若い男女のグループがおり、和気あいあいとしながら、お互いに日焼け止めポーションを塗りあっている。

う〜ん、あれは普通というか、ちょっと陽キャな雰囲気のグループな気がする。

「い、いや。あのグループはちょっと違うというか……」

「別に嫌ならエルミーは自分で塗ればいい」

「そうだな、エルミーは俺が塗ってやるよ。いいだろ、ソーマ？」

「え〜と、うん。それならいいのかな」

同性の友人同士でも、日焼け止めポーションを背中に塗るくらいはする気がする。それならギリギリセーフなのか？

……線引きがなかなか難しい。

「べ、別に嫌なわけじゃないぞ！　そうだな、ソーマがいいのなら、私にも——」

「残念、もう遅い」

「ったく、最初から素直に頼めばいいのによ」

「さっきからこっそりチラチラとソーマの薄着姿を見ていたムッツリエルミー」

「だ、誰がムッツリだ⁉」

……エルミーの気持ちも分からなくはない。俺もさっきから、いつもと違うみんなの水着姿がついつい気になってしまう。

「それじゃあソーマ、俺にも――」

「「「アルベルは駄目（だ）！」」」

三人の声が綺麗に重なった。こういうところはみんな本当に息が合っている。

「なんでだよ！」

「そ、それじゃあ失礼するよ」

「うん、よろしく」

結局は俺がフロラとフェリスの背中に日焼け止めポーションを塗ることになった。ちなみにアルベルさんはバートさんに塗ってもらえることになって喜んでいた。

目の前にはシートの上に横たわったフロラの真っ白な肌がある。今からこの肌に触れるのか……本当にいいのかな？

フロラの背中へゆっくりと日焼け止めポーションを垂らしていく。

「んっ……」

「……っ⁉」

フロラの艶《なま》めかしい声を聞いて、俺も声が漏れそうになった。続けてフロラの肌に触れて、日焼け止めポーションをスベスベとした背中に広げていく。

くっ、女性の肌ってこんなにも柔らかいのか……シミ一つない本当に綺麗な肌だ。そもそも、服の上からでも女性に自分から触れた経験なんてほとんどないのに、いきなり背中の肌に触れるとかハードモードすぎだ！

しかもこの日焼け止めポーションは少し粘性があるので、ヌルヌルしてなんだかとてもいやらしい気分になる……

落ち着け、何とか気を静めるんだ！　こういう時こそ目を瞑《つぶ》って視覚を遮断すればいい！

……いや、駄目だ！　むしろ両方の手の平に全神経が集中してしまい、余計に興奮してしまう！　くそ、男の筋肉のことを想像して何とかしなければ！　僧帽筋……腹直筋……三角筋……

「あ、ありがとう、ソーマ」

「う、うん」

本当に危ないところだった。日焼け止めポーションを塗る体勢が元々前屈《まえかが》みだったおかげで、いろいろとバレずに済んだ。

普段はすまし顔をしているフロラだが、今は顔を真っ赤にしている。やっぱり日焼け止めは塗る側だけでなく、塗られる側も恥ずかしいみたいだ。

「もしよければ、今度は私がソーマの背中に……」

「さすがにそれは駄目だぞ！」

「ちぇっ……」

フロラからの提案をエルミーが止める。どうやら逆の場合は駄目らしい。

「そんじゃあ次は俺の番だな。頼むぜ、ソーマ」

「……うん」

続いてフェリスがうつ伏せになる。

というか、さっきのグループの人達がしていたように、立ったままお互いの背中や肩にさっと塗るものだと思っていたんだけれど。うつ伏せの女性に日焼け止めポーションを塗るのって、想像以上にドキドキするぞ。

それに普段女性の方から触れられるよりも、意図的に自分から触る方がめちゃくちゃ興奮する。

「そ、それじゃあ、失礼するよ」

先ほどのフロラと同じように肩の方から日焼け止めポーションを塗っていく。

フェリスの肌はフロラのすべすべとした柔らかい肌とは異なり、少し筋肉質でありながらも、とてもハリのある肌だ。

「んんっ……」

「……っ⁉」

普段男らしいフェリスのそんな声は初めて聞いたかもしれない。というか、いい加減に俺の理性が持たない！

フェリスはスタイルが良いし、何よりその大きな胸がうつ伏せになることによって押し潰され、柔らかそうな胸が横に広がっていて視覚的にもやばい！

やっぱり、同性の背中に日焼け止めポーションを塗るのとは全然違うぞ！　よくこっちの世界の男性はこんなことをして我慢をすることができるよな！

「サ、サンキューな、ソーマ」

「うん」

なんとか理性ギリギリのところで耐えきったぞ。あと少しでも続けていたら本当に危ないところだった。

「今度は俺がソーマの背中に……」

「さすがにそれは駄目」

「ちっ……」

フェリスの提案はフロラにより却下された。

「うう……二人ともずるいぞ」

「初めから素直になれば良かったのによ」

ちなみにエルミーの背中は先ほどフェリスが塗っていた。女性同士というのもなかなか良いものである。

アルベルさんの方はバートに塗ってもらっている途中でセクハラをしようとしていたが、バートに軽くあしらわれていた。バートって周りが女性ばかりの騎士団にいるからか、意外と逞《たくま》しいよな。

「ふう～気持ちいいね。僕も海に来たのは久しぶりだよ。とても良い息抜きになったし、誘ってくれてありがとう、ソーマ」

「俺の方も本当に良い息抜きになったよ」

海で泳いだり、浜辺でみんなと遊んだことはとても良い息抜きになった。この世界にやってきてから、毎日が忙しくて充実していたが、たまにはこういった休暇も悪くない。

もちろん目の保養という意味もあったが、知らないうちに心身ともに疲れていたようだ。街の外でのんびりと過ごすことは思ったよりもいいリフレッシュになったらしい。

「ぷはあ～やっぱし海はいいな！　それに二人の薄着姿が見られて満足だ。無理してついてきて正解だったぜ！」

アルベルさんは俺とバートのことを見ながら満足そうにしている。

「ああ、確かに海は気持ちがいいな」

……エルミーも遊びながら俺とバートのことをたまに横目で見ている。こちらの世界に来てからというもの、女性の視線を集めることがとても多く、多少視線には敏感になってしまった。まあ、異性の薄着姿をつい見てしまう気持ちはよく分かる。

「つ～か、エルミー達は女なのになんでビキニの上なんて着ているんだよ。こんなの着ている意味ねえだろ」

「うわあああっ⁉」

なんの脈絡もなく、アルベルさんがエルミーのビキニの上を剝ぎ取った。それによりエルミーの大きく美しい立派な胸が陽の下で露《あらわ》になる。

「ソーマ、大丈夫⁉」

「ソーマ、大丈夫か！」

突然声を上げてしまった俺を心配してバートとエルミーが声を掛けてくれる。

「だ、大丈夫。それよりもエルミーはまず胸を隠して！」

「あ、ああ」

海に来ている他の女性の胸は見てしまっていたが、こんなに間近で、しかも普段から一緒にいるエルミーの胸を見るとでは破壊力が段違いだ。

「さすが童貞のソーマ、女の胸くらいで良い反応をしてくれるよな。よし、それなら……」

「アルベルさん、さすがにそれ以上は逮捕だよ」

「じょ、冗談だぜ！」

アルベルさんが自らのショートパンツに手を掛けたところで、バートがそれを止めた。

「何してんだこら！」

「ストーンバレット！」

「うわっ、ちょっ！」

アルベルさんに向かってフェリスが大きな岩を投げ、フロラが魔法による石の礫《つぶて》を放ったが、アルベルさんはギリギリのところで回避した。

「おまっ、本気で魔法を撃ってくるなよ！」

「くそっ、外したか！」

「ちっ、次は当てる！」

「ちょっと皆さん、少し落ち着いて！」

フェリスとフロラがアルベルさんを本気で攻撃しようとするが、バートがそれを止める。

なんだかもういろいろとカオスだ！

「大丈夫かソーマ、顔が真っ赤だぞ？」

「ご、ごめん！　少しすれば収まると思うから」

「……私の胸を見て動揺してくれたのは嬉《うれ》しいな」

「えっ？」

「いや、なんでもないぞ。ふふ……」

自分の胸を見られたというのに嬉しそうにしているエルミー。それにさっきまで少し不機嫌そうにしていたのに、今は機嫌が直ってニコニコしている。

相変わらずこちらの世界の女性の気持ちはよく分からない。

最後にいろいろとあったが、海に来たのは良いリフレッシュとなった。たまには街の外に出かけるのも悪くないかもしれない。

第五章　国王様と第二王女様

「ソーマ殿、先日はシャロナ村まで訪れ治療をしてくれて感謝する。村の者からのお礼の言葉が冒険者ギルドに多く届いているぞ」

「それはよかったです。俺の方こそ、とても楽しませてもらいました。また、何かあったらいつでも声をかけてください」

先日シャロナ村ではたくさんの歓迎を受けた。新鮮な海の恵みをこれでもかと楽しませてもらった上に、次の日は近くの海水浴場へ行き、目の保養……ではなく、みんなで海を満喫することができた。

アニックの街から馬車で二時間ちょっとだし、またお邪魔させてもらうとしよう。

「度々で本当に申し訳ないのだが、もう一つソーマ殿に重要な案件を頼みたい」

「はい、何でしょうか？」

「実は王都からの緊急連絡があったのだ」

「王都からですか？」

俺がアニックの街にやってきて、ジョブが男巫《おとこみこ》であると分かった際に、この国の国王様にだけは連絡をさせてほしいとターリアさんにお願いされた。なんでも、希少なジョブの冒険者が現れた際には、王都へ報告の義務があるらしい。

俺は冒険者というわけではないが、この冒険者ギルドでジョブを鑑定してもらい、男巫というかなり希少なジョブを授かったということになっているため、王都にだけは連絡をしていた。

王都からの返事がきて、幸いなことに特に制限などもなく、治療費も俺の思うように決めて良いと言われた。しかし、もしも王都で何かがあったときは力を貸してほしいとも言われていた。

俺としては無理やり身柄を拘束されたり、様々な制約を付けられるようなこともなく、自由にやらせてもらっているので、俺ができることはしてあげたいと思っている。

「この国の第三王女様が大きな病を患《わずら》ったとのことだ」

「病ですか……でも、それは俺の回復魔法では治すことができませんよ」

そう、俺の回復魔法の力では病気を治すことができないのだ。以前に治療所にやってきた患者さんを回復魔法で治療した際、怪我《けが》だけは治ったが、熱は下がらなかった。この世界の回復魔法では怪我は治せても、病気までは治せないらしい。

「どうやら、症状からすると病というよりも、未知の毒が原因である可能性が高いらしい。王都にいる治療士では症状を抑えることが精一杯のようで、男巫であるソーマ殿のお力をぜひ貸してほしいとのことだ」

「なるほど、確かに毒なら解毒《げどく》魔法で治せる可能性は高いですね」

実際には男巫の上位ジョブである聖男《せいだん》なので、怪我や毒ならばどんなものでも回復できる気がする。

「分かりました。確実に治療できるとは断言できませんが、できる限りのことはやってみたいと思います」

「おおっ、それはとてもありがたい！　すぐに王都へ返事をして、馬車を手配しておこう。症状を抑えているとはいえ、危険な状態であることに変わりはないからな」

「分かりました。こちらも急いで準備をしておきます」

「よろしく頼む。王都までは片道一週間は掛かる。蒼《あお》き久遠《くおん》のみな、儂《わし》はこの街を離れることができない。頼むぞ、ソーマ殿を無事に王都まで送り届けてくれ」

「ああ、任せてくれ！」

「おう、ソーマのことは任せておけ！」

「ソーマは絶対に守る！」

◇◇◇

ターリアさんから話を聞いた二日後、諸々《もろもろ》の準備を終えて、いよいよ王都へと出発する日がやってきた。

「本当なら儂も一緒についていきたいところだが、長い期間冒険者ギルドを離れるのは難しい。それではソーマ殿、道中はお気を付けてくだされ」

「はい、ターリアさんが忙しいのは分かっていますから。それにターリアさんがこの街にいてくれるから、俺も安心してこの街を離れられます。それでは行ってきます！」

「ええ、お気を付けて！」

ターリアさんから見送りを受け、馬車は王都までの道を進み始めた。

「あんたがあの有名な治療士のソーマさんか。俺はポーラだ、よろしくな」

「はい。王都までよろしくお願いしますね」

「おう、任せておけって！」

御者席のポーラさんは三十代くらいの女性で、冒険者と同じような服装をしており、頭にはターバンのようなものを巻いている。普段は人を乗せて街と街を馬車で移動する乗合馬車の御者をやっているらしい。

「へえ～ポーラさんはいろんな街を旅しているんですね」

「ああ、旅というよりは馬車で人を運んでいるだけだがな。まあ、行く先々の街で、その土地の食い物や酒を楽しんでいるから似たようなものか」

「いろんな街に行ってうまい料理や酒を楽しめるのか、そりゃ羨ましいな！」

「俺からしたら、あんた達のほうが羨ましい気もするよ。こっちはある程度時間に縛られているからな。それになかなか一つの街に拠点を持つことは難しいんだ」

「なるほど、両者とも長所と短所があるということだな」

エルミーの言う通り、フェリスもポーラさんも隣の芝生は青いというやつなのかもしれない。ポーラさんの旅の話を聞きながら、馬車は王都への道を進んでいく。

◇◇◇

特に大きな問題は起きることなく一日目は野営をして、次の日も順調に旅路を進み、無事に日が暮れる前に二日目の目的地である村へと到着した。

「ソーマ様、本当にありがとうございました」

「ご馳走《ちそう》さまでした。こちらこそ食事と寝床をありがとうございます」

「むしろそれだけで村の怪我人《けがにん》達を全員治療してくださいまして、本当に感謝しております。この御恩は決して忘れません。それでは皆様、どうぞごゆっくりとお休みくださいませ」

この村の村長さんが頭を下げて、部屋から出ていった。

村へ到着し、みんなが冒険者ギルドカードを見せると村の人達はとても歓迎してくれた。この世界の冒険者ギルドカードは身分証明書にもなるらしく、Aランク冒険者であるみんなは村人達の憧れでもあるらしい。

そのあと村長さんの家に招待され、俺が治療士であることを明かして、村にいる怪我人達を治療していった。

どうやらこの村はそこまで裕福ではなく、怪我人が何十人もいるというわけではなかったので、今回は初回のお試しということにして、治療費は今晩の食事代と宿代分ということにした。

街ではお金を取って治療をしている手前、あまり無料で治療するのはよくないのだろうけれど、一度目くらいはいいだろう。

「しかし、傷痕がみるみるうちに消えていくんだから、本当にすごかったよな。それで金も取らねえんだから、そりゃ感謝されて当然だぜ」

「さすがに初回だけですけどね。でも向こうも喜んでくれましたし、美味《おい》しい料理もご馳走になりましたから、お互い様ですよ」

ポーラさんは実際に回復魔法で傷が治るのを初めて見たので、とても驚いていた。確かに動画を巻き戻しているかの如《ごと》く、綺麗《きれい》に傷痕が消えていくから不思議だよね。

「本来なら、そんなものとは到底釣り合わないけどな」

「ああ。この村なら、一月《ひとつき》の滞在費でも割に合わねえと思うぜ」

呆《あき》れた感じでそんなことを言うフェリスとポーラさん。そういえば最近は慣れてきてしまったが、本来の治療費は白金貨一枚で、約百万円分だもんな……

「それにしても屋根があるところで眠れるのは助かるね」

村長さん達が案内してくれたのは木造の家で、来客用の家だから一部屋しかなく、そこまで大きくはないが、五人でも十分に眠れるくらいのスペースはあった。

昨日も眠ることはできたが、やはりテントで寝るのと、屋根のある部屋で寝るのとでは安心感が全然違う。

「そうだな。少なくとも魔物への警戒は不要となる。とはいえ、念のために最低限の警戒は必要だぞ」

「ああ。ないとは思うが、村自体が盗賊の村なんてこともあったからな」

「そんなこともあるんだ……」

エルミーとフェリスが経験豊富な冒険者であることは知っていたけれど、そんなヤバい経験まであったのか。

「この村は地図にも載っている村だから大丈夫。だけど警戒しておくに越したことはない」

「なるほど」

フロラの言う通り、何事もそれくらい警戒しておく必要があるということだな。

「さて、明日も今日と同じで、朝早くに出るぞ。そろそろ寝るとしよう」

「うん、分かった」

エルミーの言う通り、明日は朝早くこの村を出て、昨日と同じ野営の予定だ。できる限り日が出ている間に先へ進むため、今日も早く寝るとしよう。

「「…………」」

さて、一つだけ失念していたことがあった。

村長さんが用意してくれた家は一つ。それはいい。

お世辞にも立派な建物とは言えないが、魔物の侵入が分かるよう木の柵で囲まれた村の中かつ、雨風を防げる屋根があるというだけで、昨日の野営よりも何倍もマシである。

「……さて、どのような配置で寝るかだな」

エルミーの発言の通り、問題は一つ屋根の下で、男女が五人でどのように寝るかということだ。男女というか、俺一人と女性四人だな。

「簡単に破れそうな木の壁だし、ソーマが端で眠るのはやめておいた方がいいな。不測の事態に備えて、両側に誰かがいた方がいいと思うぜ」

「なるほど。確かにフェリスの言う通りだな」

フェリスの案にエルミーが同意する。確かにこれくらいの木の壁なら、簡単にブチ破ることが可能だ。正直な話、寝ている間に襲撃があった場合に俺では防ぎきれない。たとえ障壁魔法が使えても、即座に反応することはできないからな。

「あと単純にソーマの隣で寝られる確率が上がる」

「ま、まあ、結果的にはそうなるな！」

「そ、そうだな。これぱかりは仕方がねえよな！」

「…………」

フロラの一言に動揺するエルミーとフェリスの二人。あんまり意識しないようにしていたけれど、今回の旅路は女性に囲まれた、まさにハーレム状態なんだよね。

……いかんいかん、今回王都へ行くのは人助けが目的なんだから、あまり変なことは考えるな。

「俺はソーマの旦那とは昨日会ったばかりだから遠慮しておくぜ。それにこんな綺麗な男の隣じゃあ、今日は眠れなくて明日に支障が出るから、反対側で寝るとするか」

そう言いながら、家の一番奥の方へ進むポーラさん。

……不意打ちで褒めるのはドキッとして心臓に悪いのでやめてほしい。

残ったのはいつも一緒にいる三人。いや、というか、別に隣で寝るだけで何かするわけじゃないんだから、そこまで争うことでもないような気が……

「守る戦いは俺が一番得意だから、とりあえず一人は俺でいいだろ。もう一人はエルミーとフロラ、どちらが適任なんだろうな？」

「はあ？　何を言っているんだ、フェリス。こういう時は一番素早く動ける私の方が適任に決まっている。いざとなったら、ソーマを抱えてすぐに脱出できるからな」

「臨機応変に動ける魔法使いである私が適任。相手が魔法を使う場合、私が一番冷静に対処できる」

「「「…………」」」

三人が睨《にら》みあう。

元の世界の少女漫画のように、三人とも俺のために争わないで～という場面なんだろうけれど、三人が今までに感じたことがないような圧を発しているため、そんな冗談を言えるような雰囲気ではなかった。

「……そうだな、ここはソーマに選んでもらうのが公平ではないか？」

「えっ⁉」

ここで俺に飛び火してくるの⁉

「ああ、ソーマが選んだなら文句はねえよ」

「ソーマは誰の隣で寝たい？」

「…………」

いやいや、そんなの選べるわけがない！　しかも三人の中から一人を選ぶって、選ばなかった一人と、今後同じパーティハウスでめちゃくちゃ気まずいじゃん！

「……ええ～と、俺は今までずっと一緒だったみんなを尊敬しているし、信頼しているんだ。みんなならで隣で寝ても安心できるから、誰が隣でも――」

「「「そういうのはいいから」」」

「…………」

逃げ道を完全にふさがれた……

どうすんのよこれ……


「すーすー」

「くーくー」

「…………」


両隣から寝息が聞こえてくる。どうやらすでに二人はもう寝てしまったらしい。

三人が睨み合っているなか、究極の選択を迫られてしまった俺だが、なんとか機転を働かせて、じゃんけんによって決めることを提案した。

じゃんけんとは俺の国でここぞという時に勝負事を決める方法で、公平かつ、神様が決めてくれる方法だと説明した。もちろん、それ以外に今の俺には三人のうち誰と誰を選ぶか決められないと伝えたところ、フロラの嘘《うそ》を見抜く能力によって、それが本当であると分かり、何とか納得してもらえた。

そしてその結果、俺の両隣ではフロラとフェリスが寝息を立てて眠っている。

薄目を開けると、左側にいるフロラはこちら側に顔を向け、可愛《かわい》らしい寝顔を見せている。まだ幼い面影を残しつつも、その整った顔立ちは将来間違いなく美少女から美女へと成長するに違いない。

そのサラサラとした美しい銀髪からエルフ特有の長い耳が飛び出ている。というか、フロラの顔をここまで近くで見たのは初めてのことかもしれない。本当に可愛らしい顔をしているよな。

そして薄目で右側を見るとフェリスもこちら側に顔を向けて眠っている。

フェリスは長身で、可愛いというよりも美人という印象がとても強い。その整った無防備な顔をこちらに向けられると、普段ずっと一緒にいるにもかかわらず、不覚にもドキッとしてしまう。

なによりそのサラシの隙間から溢《あふ》れんばかりの大きくて柔らかそうな双丘が俺の視線を引き付ける。

「…………」

こんな状況で眠れるか！　むしろ俺のほうが耐えきれんわ！

一応この世界には慣れてきたが、童貞でなくなったら、この力を失ってしまうかがまだ分かっていない。冒険者ギルドマスターのターリアさんに調べてもらっているが、そもそも男巫《おとこみこ》の情報が少ないからな。

王都へ行ったら、その辺の情報も集めることも一つの目的だ。

それにしても、二人ともこの状況でよく眠れるよな。それだけ日中の馬車の護衛で気を遣っていたのかもしれない。

「んっ……」

フロラの口から寝息が度々漏れるが、それだけでいちいちドキッとしてしまう。

「んん……」

そしてフェリスが寝返りを打つたびにその巨大な双丘が大きく揺れる。すぐ横に完全に無防備な女性二人がいる状況って本当にヤバイな……

「……っ⁉」

そんな邪《よこしま》なことを考えていたら、毛布の中にある俺の左手に何かが触れた。

……この感触はフロラの手か。

そのままフロラの手の感触に全神経を集中する。女の子特有の柔らかさが俺の手に伝わってきた。

「すーすー」

もしかしてフロラは寝たフリをしているのか？

「……っ⁉」

先ほどから全神経を左手に集中していたのだが、今度は反対側の右腕の二の腕あたりに何かが当たってくる感覚があった。

しかもとてつもなく柔らかな感触だ。こ、これはもしかして……

フロラ側を見ていた視線をフェリス側に移すと、フェリスの身体《からだ》がいつの間にか先ほどよりもこちら側に近付いていた。そして右腕に抱きつくような形で、フェリスの大きな双丘が俺の右腕に押し付けられている。

柔らか！　フェリスの胸ってこんなに柔らかいのか！

「くーくー」

フェリスも寝たフリをしている？

「んんっ……」

「……っ!?」

すると今度は左側の腕にも柔らかな感触が伝わってきた。いつの間にかフロラの方も更にこちら側へ近付き、俺の左腕に抱きついてきた。

フロラの成長途中でまだ小さいが、それでも女の子特有の柔らかさを持ったふくらみの感触が左腕へと感じられる。

ぬああああ！

両腕をフロラとフェリスに抱きこまれて身動きが取れない！

そしてフロラの片手が俺のお尻のほうへゆっくりと移動していき、フェリスの片手が俺の胸のほうへゆっくりと進んできた。

いや、さすがにこれ以上は止めなくては――

「……何をしている?」

突然エルミーに声をかけられ、両側にいるフロラとフェリスの身体がビクンと跳ねて、俺の身体から一瞬で離れていった。

「すーすー」

「くーくー」

二人のわざとらしい寝息が聞こえてくるが、当然そんなことで誤魔化されるエルミーではなかった。

「……二度も私をのけ者にするとは、フロラもフェリスもいい度胸だな」

「ち、違うんだエルミー、それは誤解だぜ!」

「エルミー、まずはその手に持った剣を置くべき」

危ないところだったな。俺もあと少しで誘惑に負けて、自分から二人の方へ手を伸ばそうとしてしまうところだった……

「問答無用! 今日という今日は絶対に許さない!」

「ちょ、待てって!」

「お、落ち着いて！」

「エルミー、ちょっとストップ！」

今回は三人がかりでもエルミーを止めることはできなかったが、幸いなことにポーラさんがいてくれたため、四人がかりで何とかエルミーを鎮《しず》めることができた。

本気で怒ったエルミーは本当に止めることができない。聖男《せいだん》である俺の障壁魔法によるバリアに傷を付けられたのは初めてのことだった……

◇◇◇

翌日は村長さんにお礼を伝えて、村を出発した。朝早くなのに、大勢の村人が見送りに来てくれたのはとても嬉《うれ》しかったな。

前日の治療のお礼ということで、水や食料を山ほどいただいた。こうやって王都までの道のりは途中の村や街に寄って物資を補給しながら進んでいく。

王都までの道のりはとても順調で、三日目にシルバーウルフに馬車が襲われそうになったこと以外は大きな問題は起こっていない。

……まあ、二日目の夜の出来事は問題といえば問題だったけれど。

「おっ、王都が見えてきたぞ！　なんとか日が暮れる前に到着してよかったぜ」

「すごいですね、ポーラさん。あれが王都の城壁ですか」

馬車から外を見ると、そこにはアニックの街よりもはるかに高く聳《そび》え立つ城壁が見えた。

遠くから見てもあの高さなら、実際に近くへ行って見ると更にすごいのだろう。

「王都は久しぶりになるな。半年前ほどに依頼を受けに来た時以来か」

どうやらエルミー達は以前に王都に来たことがあるらしい。

「へえ～、王都ってどんな街なの？」

「実際に行ってみれば分かるけれど、とにかく人が多い。それにとても華やか」

「いろいろとごちゃごちゃしているな。あと飯はうまいぜ！」

フロラとフェリスが言うには、とりあえず人が多くて賑《にぎ》やかな街らしい。

一週間という長い道のりを超えて、ようやく王都へと辿《たど》り着いた。


「貴方《あなた》様がかの有名なソーマ様でありますね！　国王様より、最上級のもてなしをするよう仰《おお》せつかっております！」

「…………」

門の前にいた衛兵達が一斉にこちらに向けて敬礼してくる。王都へ入るための列へ並ぼうとしたところ、門の中から衛兵が現れて、エルミー達の冒険者ギルドカードを確認したかと思うと、すぐに王都内の建物の一室へと案内された。

どうやら先に出した俺達が王都へ行くという連絡は無事に届いているようだ。部屋でしばらく待つと、門にいた衛兵達よりも立派な鎧《よろい》を身に付けた女性達がやってきた。王都の精鋭の騎士団といったところだろうか。

「遠路はるばる王都までお越しいただき、誠にありがとうございます。第二王女様はご無事でございます。本日はごゆっくりとお休みになってください。お疲れのところ大変申し訳ないのですが、明日の早朝に王城まで来ていただくことは可能でしょうか？」

「はい、大丈夫です」

どうやら第二王女様は俺達が王都に来るまで持ちこたえてくれたようだ。

「はっ！　そのようにお伝えします。宿のほうはこちらで最高の宿をお取りしており、王都での滞在費はすべてこちらでお出しします。また、王都滞在中は、我々騎士団が護衛させていただければと思いますが、いかがでしょうか？」

……普通の来客というレベルの対応ではないな。国賓、いやそれ以上の扱いである。それだけ俺のジョブが珍しいのだろう。

「ご配慮感謝します。それでは宿のほうはお世話になろうと思います。護衛のほうはアニックの街から一緒に来てくれている頼りになるAランク冒険者のみんながいるので、大丈夫ですよ」

「……承知しました！　すぐに宿まで案内させていただきますので、少々お待ちくださ い！」

少しだけがっかりしたような表情をしたあとに、騎士団の人達は部屋から出ていった。

もしかしたら、俺の護衛をしたかったのかもしれない。

さすがにみんなの他にあれだけの騎士団を引き連れて行動するというのは逆に目立ってしまう。

「彼女達もかなり実力者みたいだな。さすがは王都の騎士達といったところか」

エルミー曰《いわ》く、どうやらあの騎士団の人達もかなりの実力者のようだ。

「それにしても頼りになる冒険者とは嬉しいことを言ってくれるじゃねえか」

「ソーマ、不意打ちでそういうことを言うのはずるい」

「そこまで信頼してくれたのだ。ソーマの期待には絶対に応えてみせるぞ！」

「みんながいてくれれば、初めて来た王都でも安心して過ごせるよ」

王都に来るまでいろいろとあったが、みんなのおかげで全員無事に辿り着くことができた。王都でもみんながいてくれれば安心である。

「それじゃあ俺は一旦ここで別れるからな。アニックの街に帰る際は宿に連絡してくれ」

「ポーラさん、お世話になりました。また帰りもよろしくお願いします」

「おう、任せておけ！」

　御者であるポーラさんとは、一度ここで別れることになる。王都側で俺達とは別の宿を用意してくれたらしい。俺達がアニックの街へ帰る時のために、馬車の整備をして、食料を準備しておいてくれるそうだ。


「ソーマ様、大変お待たせしました。王都での案内を仰せつかっておりますカミラと申します。ソーマ様にお会いできて光栄でございます！」

「初めまして、ソーマと申します。よろしくお願いしますね、カミラさん」

「はっ！　何かございましたら、何でもお申し付けください。ソーマ様の身は命を懸けてお守りいたします！」

　とても礼儀正しい女性であるカミラさんは背の高い女性で、ピカピカの銀色の鎧を全身に身に付けており、腰には剣を携えて俺の前に跪《ひざまず》いてきた。これぞまさに女騎士という風貌と立ち振る舞いである。

　護衛はいらないと伝えたのだが、案内人兼護衛として俺の側に一人くらいは付けたいのだろう。あるいは、一人くらいは監視役を付けたいということなのかもしれない。とはいえ、王都の道を案内してくれる人が一緒についてきてくれるのはありがたい。

「それでは宿までご案内いたします！」

「これが王都ですか！　人が大勢いますね！」

「はい。この道が王都のメインの通りとなります」

馬車の外に見える光景は、この街に入る前にエルミー達が話していた通り、とても華やかで大勢の人が見えた。アニックの街のように、乱雑に建物が建っているわけではなく、碁盤目状に建物が並び、建物の色や高さがある程度統一されているため見栄《みば》えもとてもよい。

馬車の窓の外に、王都の外からは高い城壁によって見えなかった、大きな王城が見える。この街の中心に聳え立つ、立派なシンボルになっているようだ。

今乗っている馬車は、キラキラとした装飾がたくさんついた煌《きら》びやかで大きな馬車で、全員が乗っている。ポーラさんには悪いのだが、この街までやってきた馬車よりも、内装や椅子の柔らかさなどは段違いだった。

「王城がこの街の中心となっておりまして、城の近くには、高級店や貴族様達が住む住宅などが建ち並んでおります」

「なるほど」

　カミラさんの案内で王都の道を進んでいく。だいぶ街の中心にある王城の近くまで来たところで、馬車が止まった。どうやら宿に着いたらしい。

「「「ようこそ、いらっしゃいませ！」」」

「…………………」

　やってきたのはこの世界に来てから見てきた建物の中でも一番の大きさを誇る建物であった。そして、馬車から降りると、数十人の女性達が総出で俺達を迎えてくれた。

「……これが宿なの？」

「とてつもなく立派な宿だな。私達もこれほど豪勢な宿には泊まったことがないぞ」

　俺の疑問にエルミーが答えてくれる。それにしても凄《すご》く大きくて豪華な宿だな。

「ソーマ様、よくいらっしゃいました。この宿の支配人をしておりますジュリーと申します。どうぞお見知りおきを」

「は、はい。ソーマです。よろしくお願いします」

　ジュリーさんは背の高い女性で、執事服のよく似合う女性だった。この若さで支配人というのはすごいな。

「ソーマ様には最上級のおもてなしをするよう仰せつかっております。全員がソーマ様のご希望をどんなことでも叶《かな》える所存ですので、何でもお気軽にお申し付けください」

「どんなことでもですか……」

「はい、この宿におります従業員は全員ソーマ様の仰《おっしゃ》ることにすべて従いますので、どんなことでもお申し付けください」

「…………」

さすがに俺もその意味が分からないわけではなかった。

よくよく見ると、従業員の女性は全員が美形の女性で、年齢やスタイルは様々である。

獣人やエルフやドワーフなんて種族の女性もいた。

おそらくだが、この宿にいる女性には手を出してもよいという国からの計らいだろう。

……くそっ、普通の男でさえこの計らいは効くのに、元の世界で女性と付き合ったことがない童貞男子高校生の俺にとっては、更に効果は倍増だ！

「さて、ソーマ。早く部屋へ案内してもらうとしよう」

「疲れたし、さっさと休もうぜ」

「ここはソーマの目に毒」

「そ、そうだね！　ジュリーさん、とりあえず部屋まで案内してください」

「「「とりあえず？」」」

「…………………」

……いや、違うんだよ。別に部屋に案内されてから、女性従業員に何かしてもらうってことじゃないからね！

いかんな、いろいろと動揺しているらしい……王都にいる間はこの宿に泊まるわけだが、果たして自分を抑えることができるだろうか。

とりあえず俺が女性に免疫がないことを知っているエルミー達がいてくれて助かった。手を出しても問題にはならないだろうけど、いろいろと王族や貴族に取り込まれてしまうかもしれないからな。

「部屋の中もすごいですね……」

「当宿一番の部屋となります。こちらの部屋では十人以上がお休みになれます。何かございましたら、そちらのベルでお呼びください。それでは失礼致します」

「はい、ありがとうございます」

「ソーマ様、私は下の階におりますので、宿の外に出られる場合には、お手数ですが一声お掛けください」

「分かりました、カミラさん」

　宿の支配人であるジュリーさんと護衛兼案内役の騎士のカミラさんは部屋から退出していった。

「まさか、ここまでの歓迎を受けるとは思っていなかったな」

「それだけソーマがこの国にとって貴重な存在ってことだ。第二王女様を助けてくれることを期待しているんだな」

　……大丈夫かな、第二王女様を治療できなかったら、手の平を返されて殺されたりしないよね？

　ターリアさんが国王様は叡智《えいち》の王とも呼ばれる賢い人だと言っていたから、大丈夫だと信じたい。

「大きなテーブルにソファ、それも豪華な装飾品がついたやつばかりだ。これ一つでも結構な金になんだろうな。ったく、金もあるところにはあんだよなあ」

「……この椅子一つでも、一家が一月《ひとつき》は贅沢《ぜいたく》に暮らせそう」

　フェリスやフロラが部屋の中にある物を見ている。確かにどれもこれも高価そうだ。もしかしたら、元の世界のホテルのスイートルームとかはこんな感じなのかもしれない。こんな豪華な部屋に泊まる機会なんて一生ないと思っていたが、まさか異世界に来て泊まることができるとは思ってもいなかった。

向こうがこの宿の滞在費を出してくれると言っているので、ここはお言葉に甘えるとしよう。もしも明日無事に第二王女様を治療することができれば、ゆっくりとこの王都を観光したいところだ。

そのあとは宿の高級で美味《おい》しい晩ご飯をいただいた。俺の素人《しろうと》料理なんかとは違って、かなり手間をかけた料理なども出てきた。料理の文化はそれほど進んでなそうではあったが、それでもこちらをもてなしたいという気持ちが伝わってくるとても美味しい料理だった。

晩ご飯を食べたあとは宿にある大浴場で旅の疲れを癒《いや》す。アニックの街では身体《からだ》を拭いたり、たまにシャワーを浴びられるくらいだったから、ゆったりと湯船に浸《つ》かることができたのは本当に久しぶりだ。やっぱり日本人として風呂《ふろ》は最高である。

今日は同じこの部屋で四人一緒に寝ることになったが、とても大きな部屋で大きなベッドだったので、スペースには十分な余裕があった。野営ではなく、久しぶりのベッドかつ、高級宿で安全ということもあって、一瞬で眠りについた。

◇◇◇

王都へ到着した次の日。昨日はこれまでの旅路でかなり疲れていたこともあって、朝までぐっすりと眠ることができた。

俺が起きるとすでにみんなは起きていた。道中では見張りを一度もしていない俺が一番寝ていたので本当に申し訳ない。

「遅くなってごめん」

「いや、俺達も今起きたところだぜ」

「ああ、私達も久しぶりにゆっくりと休めたぞ」

「ベッドも最高だった！」

みんなもゆっくりと休めたようで、これまでの疲れがだいぶ取れたような顔をしている。

さあ、早速王城へ行って、第二王女様を治療しなければ！

「はあ～緊張するな……」

「安心しろ、私達がついているぞ」

「おう、俺達に任せておけ」

「ソーマは私達が守る」

俺達はこの国の王城へとやってきた。

宿の外に高級な装飾のついた大きな馬車が停《と》まっており、それでこの国の王様がいる大きな王城まで連れてきてくれた。

「それではこちらになります」

「はい」

そして現在、国王様がいるという部屋の前へ案内される。みんなの武器はカミラさん達に預けることになり、厳重なボディチェックを受けた。

扉を開けると、そこはテレビや漫画の中で見たような煌びやかな大広間となっている。光り輝くシャンデリア、壁に飾られた絵画や美術品、敷き詰められた赤い絨毯《じゅうたん》。絨毯の両側には銀色の鎧《よろい》を身に付けた騎士達。そしてその先にいる一人の女性。俺が先頭になってゆっくりと前に進み、みんながすぐ後ろに続いてくれる。

「初めましてであるな。我《われ》がカーテリー国の国王であるカーテリー＝パウラである」

「初めまして、ソーマと申します。この度は国王様にお会いできて光栄でございます」

片膝をついて右手を左肩に添える。先日この世界の簡単な礼儀作法をみんなから教えてもらっていた。

目の前にいるのは国の王としてはかなり若い三十代くらいの女性だ。やはりこの世界だと、王様のほとんどは女性になるらしい。

……というか、なんちゅうエロい格好をしているんだ、この人は⁉

王族の正装なのかは知らないが、ものすごく身体のラインを強調する服で、国王様の身体にぴっちりと張り付いている。そしてフェリスをも超えるその超巨乳が大きく胸元の開いた服から半分零《こぼ》れ落ちそうになっている！

これじゃあ叡智の王なんかではなく、ただのエッチな王だろ！　なんというか、蒼き久遠のみんなにはない、年上特有の妖艶《ようえん》な色香というものがある。

……いかんな、この国の国王様に欲情してしまったら、間違いなくアウトだ。頼むから耐えてくれ、俺の下半身よ！

「この度は遠路遥々《はるばる》王都まで来てくれて、とても感謝している」

「はっ、もったいないお言葉です！」

とりあえずこんな感じで話せば大丈夫かな。とはいえ、今は言葉遣いというよりも、俺の下半身のほうが心配である。

「それでは早速だが、娘の治療をどうかよろしく頼む」

「はい！」

いかん、いかん。遠路遥々王都までやってきた理由を思い出せ！　苦しんでいる人を救うためだろ！

国王様とその護衛と思われる鎧を身に付けた女騎士、宰相と思われる恰幅《かっぷく》の良い女性の後に続き、みんなと一緒に隣の部屋へと移動する。

するとそこには大きな天蓋付きのベッドがあり、その中央には一人の少女が目を瞑《つぶ》って寝ていた。

まだ少し幼さを残すが、顔立ちの整ったまごうことなき美少女である。しかし、毒の影響か、呼吸が荒く、衰弱していて顔色も青白い。

「娘のカーテリー＝カロリーヌだ。見ての通り、未知の毒によって一月ほど目を覚ましていない。今は毎日治療士による解毒《げどく》魔法を使うことによって、何とか生き長らえている。頼む、我にできることならなんでもする。どうか娘を助けてくれ！」

そう言いながら国王様は、貴族でもなんでもない俺に向かって頭を下げた。

「こ、国王様！　おやめください！」

「国王様、どうかそのようなことはおやめください！」

隣にいた女騎士と宰相が国王様を止める。

「よいのだ、ジャニー、グレイス。これは国王として頭を下げているわけではなく、一人の母親として頭を下げているだけだからな」

「……絶対に治してみせます！」

治せなかった時の保身を考えている場合ではない。そこに苦しんでいる人がいる。俺が授かったこのジョブはこういう人達を助けるためのジョブだろ！

頼むぞ聖男《せいだん》様！

解毒魔法であるキュアの上位魔法であるハイキュア。治療士が使うキュアの魔法で治らない毒でも、その最上位のジョブである聖男である俺なら治すことができるはずだ！

「ハイキュア！」

ヒールとは異なる黄色の眩《まばゆ》い光が第二王女様を包み込んだ。

すると第二王女様の呼吸が少しずつ落ち着いていき、青白かった顔色もゆっくりと赤みを帯びた肌の色へと戻っていく。

「……お母……様？」

「おお、カロリーヌ！　目を覚ましてくれたのか！」

「こ、これが男巫《おとこみこ》のジョブ……」

「これはまさに奇跡だ！」

ジャニーさんとグレイスさんが驚きの声を上げる。

良かった、どうやら無事に第二王女様が目を覚ましてくれたようだ。内心王都までやってきて、治せなかったらどうしようかと、本気で昨日から悩んでいたんだよね。

「ソーマ、やったな！」

「すげえぜ、ソーマ！」

「ソーマ、凄《すご》い」

みんなも第二王女様が治って喜んでくれている。これで本当に一安心だ。

「ふう～」

無事に治療がうまくいき、俺達はまた別の部屋へ案内された。俺の解毒魔法で第二王女様は回復したようだが、今は念のために精密な検査をしている。

「大変待たせてしまったな」

「国王様。第二王女様の様子はいかがでしょうか？」

「ああ、どうやら例の毒はすっかり抜けたようだ。今は一応大事を取って休ませているが、おそらくはもう大丈夫であろう。これもソーマ殿のおかげだ、本当に感謝する」

改めて国王様が頭を下げる。今回は隣にいるジャニーさんもグレイスさんも止めないようだ。

「頭をお上げください。国王様。第二王女様がご無事で本当になによりです」

さっきまでは第二王女様を治療することで頭が一杯だったが、今は無事に第二王女様を治せてほっとしている。

……そうなるとこの国王様の大きな胸とピッチリと張り付いたそのエロい服装が気になってしまうんだよな。頭を下げると、その大きな胸がブルンブルンと揺れて目に毒なのである。

「ソーマ殿は娘の命の恩人だ。褒美《ほうび》を取らせたいのだが、何か望みはないだろうか？」

国王様が頭を上げると、またその大きな胸がブルンと揺れた。うん、まずできることなら胸を隠すために服を一枚羽織ってほしい……

「実は直近で国王様にお願いしたいことはないのです。なので、今後もし私が困った時に助けていただければと思います」

「……もちろん今後ソーマ殿が困った際には、全力で力を貸すことを約束しよう。ソーマ殿はアニックの街で他の治療士よりも安い治療費で患者を治療していると聞いている。であれば、他に褒賞《ほうしょう》や地位などを与えたいのだが」

「いえ、どちらも結構でございます。国王様がいざという時に力を貸してくださるだけで十分ありがたく思います」

「…………」

あれ、大人しく受け取っておいた方が良かったのかな？　でも正直に言って、お金や地位とかはこれ以上いらない。

だって一人治療するごとに金貨十枚で約十万円だよ。元の世界で普通のサラリーマンが稼ぐ年収分なんて一月《ひとつき》もかからずに稼げてしまう。

しかも家賃はみんなのパーティハウスを無料で使わせてもらっているし、食費くらいしか使っていないし、これ以上お金はいらない。この世界だと、お金を持っていれば持っているほど、命を狙われそうだもんな。

地位についてはなおのことだ。地位なんてものは相応の責任も伴うし、逆に自由がなくなること間違いなしである。

（……そこいらの女などにくれてやるには勿体《もったい》ないほど良い男であるな。そして外見だけでなく、その中身も良い男だ。だからこそ男巫という特別なジョブを神より授かったのかもしれん）

「はい？」

今の国王様の呟《つぶや》きは小さすぎて聞き取れなかったな。

「いや、何でもない。ソーマ殿の気持ちはよく分かった。何かあれば遠慮なく我を頼ってほしい。改めて娘を救ってくれて感謝する。今宵の晩餐にみなを招きたいのだが、いかがかな？」

「…………」

国王様との食事かあ……

正直断りたいところだけれど、それまで断ったりしたら、さすがに失礼か。

「お招きにあずかり光栄です。ぜひ、よろしくお願いします」

「ああ、マナーなど気にせず、楽しんでほしい」

◇◇◇

そのまま王城で昼食をいただき、女騎士の方が王城を案内してくれる。豪華絢爛《ごうかけんらん》な大広間や、美しく見事に整備された広い庭などを見学するのはもちろん初めての経験だったので、自分で思っていたよりも楽しむことができた。

「国王様と食事。マナーとか全然知らないんだけれど、大丈夫かなあ……」

「ソーマよりも俺達のほうが心配だぜ……」

「なにか失敗しそう……」

「み、みんな！　国王様もマナーなどは気にしないと仰《おつしや》っていたではないか。あ、あまり緊張しすぎると余計に失敗してしまうぞ！」

俺も含めてみんなだいぶ緊張しているみたいだ。特にエルミーが一番緊張しているけれど大丈夫かな。

いよいよ国王様との晩餐だ。本音を言うと国王様と食事なんて息が詰まりそうだが、さすがに今後とも良い関係を続けていくためにも、一度くらいは招待を受けるべきだと考えたわけである。

マナーなどは気にしないと言ってくれてはいるが、それでも向こうはこの国で一番偉い人だ。何か粗相をしてしまわないかと、ちょっとだけ心配になる。

「エルミーも落ち着いて。あとみんな、その服はとても似合っているよ」

そう、今回は正式な食事会なので、みんなも正装をしている。こっちの世界では女性の正装はタキシードらしい。

「そ、そうか！　ソーマもとても綺麗《きれい》でよく似合っているぞ！」

「ああ、ソーマによく似合っているぜ！」

「ソーマ、とっても綺麗！」

「……ありがとう」

エルミー、フェリス、フロラの順に賛辞を述べられる。

俺の方の服装はというと、みんなと同じ貴族が着るようなタキシードだ。それにしても、相変わらずこちらの世界での男性への褒め言葉にはあまり慣れない。

食事の席で待っていると、国王様が現れた。

「ああ、ソーマ殿。足を運んでもらってすまない。そちらの服装はとても似合っていて美しいぞ。アニックの街では黒髪の天使と呼ばれているわけだな」

その呼ばれ方は王都にまで広がっているのか……

そしてその国王様の後ろにいる女性は先ほどの――

「は、初めまして！　カロリーヌと申します。ソーマ様、この度は命を救っていただき、本当にありがとうございました‼」

驚いた、もう歩けるようになったのか。解毒できたばかりの第二王女であるカロリーヌ様が国王様の後に続いていた。朝と比べて顔色もだいぶ良くなっている。

「ソーマと申します。お元気になられたようで本当によかったです」

治療をした時は目を閉じていたので分からなかったが、カロリーヌ様は透き通る宝石のような青い瞳をしている。整った顔立ち。長くてウェーブのかかった美しい金色の髪は輝いて見える。歳《とし》は俺と同じか少し下くらいのとても美しい女性だ。

国王様のように露出が高すぎる服ではなく普通のドレスを着ている。

「ソ、ソーマ様のおかげでもうすっかり体調がよくなりました。それにソーマ様のお噂《うわさ》はお聞きしております。貧しい方々や、どんな方々でも治療をしてくれる天使のようなお方だそうですね！」

「い、いえ……それほどでもありませんよ」

「噂通り……いえ、噂以上にとても優しく、とても美しいお方です！」

なんだか目をキラキラとさせながら、カロリーヌ様は俺を見てくる。こんな綺麗な女性から、尊敬のまなざしで見られるのは少し嬉《うれ》しいかもしれない。

「我も本当に驚いている。まさかずっと眠っていたカロリーヌがこれほど元気になるとはな……これもソーマ殿のおかげだ。本当に感謝する」

「いえ、カロリーヌ様もお元気になられたようで何よりですよ」

「ひゃっ、ひゃい！」

「「…………」」

「はうう……」

……噛《か》んだ。

こっちの世界の王女様だと、もっと男らしく、堂々とした振る舞いをするのかと思った

ら、そうでもないらしい。なんか小動物っぽくて、本当に可愛《かわい》らしいな。みなに

「ごほんっ、そちらの冒険者の方々は王都までソーマ殿を護衛してくれたのだな。みなにもとても感謝しておるぞ」

国王様が仕切り直して、みんなに謝辞を述べる。

「わ、我々までお招きいただきまして、感謝しております！」

エルミーが代表して答えるが、やはりまだ緊張しているようだ。

「そう硬くならなくともよい。ソーマ殿達が泊まっている宿の食事も立派なものだが、それに負けない料理を用意したつもりだ。マナーなど気にせず、どうか楽しんでいってほしい」

「はっ、はい！」

この国で一番偉い人なわけだし、エルミーも緊張しない方が難しいか。

「それでは晩餐を楽しんでくれたまえ」

国王様の号令で晩餐会が始まり、料理が給仕《きゅうじ》の人達の手で運ばれてきた。どうやらコース料理のように、少しずつ料理が出てくるらしい。

「とても素晴らしい料理ですね」

昨日泊まった高級宿の料理もとても美味《おい》しかったが、ここでの料理もそれ以上に美味しいし、アニックの街では見たことがない食材もふんだんに使われていた。

「気に入ってもらえてなによりであるな。もちろん普段からこれほど豪勢な料理を食しているわけではないぞ。今日はカロリーヌが治ったお祝いと、世話になったみなへの礼だ」

「ありがとうございます。うわっ、こっちのシチューも美味しいです。う〜ん、どうやって作るんだろう……」

「気になるようであれば、後で料理人にレシピを書き出すよう伝えておこう。ソーマ殿は自身で料理をするのであるか？」

「ありがとうございます。はい、最近では料理が趣味になっているんですよ」

「えっ、治療士であるソーマ様自らがお料理するのですか⁉」

なぜか国王様とカロリーヌ様に驚かれた。そんなに俺が自分で料理をするのは意外なのかな？

「ソーマの料理は美味しい……です」

「ああ、ソーマの料理は本当にうまいんだぜ……です」

どうやらフロラとフェリスは敬語が苦手らしい。

「はは、いつも通りの口調で問題ないぞ。ソーマ殿を王都まで送り届けてくれた冒険者のみなもカロリーヌの恩人である。口調など気にしなくてよい」

「ソーマ様の手料理、羨ましいです……」

「確かにソーマ殿ほどの美しい男性の手料理であれば女性にとって嬉しいものであるな」

……どうやらこちらの世界で、男性の手料理は元の世界の女性の手料理のような位置付けっぽい。

「それにしてもカロリーヌはもう少し積極的にソーマ殿に話しかけてはどうだ？　以前にソーマ殿の噂を聞いて、話してみたいと言っていたであろう」

「えっ、え〜と……」

「ふむ、カロリーヌは他の女性と違って、女性としては少し大人しすぎる。もっとソーマ殿にアピールした方が良い」

「お、お母様！」

「…………」

こちらの世界の女性は基本的に雄々しい人が多く、女の子もリーチェみたいなおてんばな女の子が多い。反対に男性は元の世界の女性のようにおしとやかな性格の人が多い気がする。

……男女の力が反対のこの世界ではそうなってしまってもしょうがないのか。

カロリーヌ様はおしとやかな雰囲気で、初めて話す俺やみんなとの会話もおそるおそるといった感じだ。

こちらの世界に来てから、あまりカロリーヌ様のようなタイプの女性には出会ったことがなくて新鮮に感じる。それに元の世界ではカロリーヌ様のような女性が多かったし、むしろ俺にはこちらのほうが可愛らしい女性に見えたりもするんだよね。

「ところで話は変わるが、ソーマ殿は未婚という話で間違いはないか？」

「えっ⁉ はい、まあ……」

そりゃ元高校生の俺が結婚なんかしているわけがない。まあ、こちらの世界では俺くらいの年齢が結婚適齢期だとバートから聞いたけれどな。それにしてもなんでそんな話に？

「ほう、なるほど……」

なんでだろう……なぜか国王様の目が鋭く光った気がする。そしてなぜか国王様が立ち上がり、俺の席の方に近付いてきた。

「我も夫を失ってから早五年……そろそろ新しい伴侶を娶《めと》ってもよい頃だと思ってな」

そう言いながら国王様が俺の背後に回り込む。そして俺の耳元に口をゆっくりと近付けてくる。必然、国王様のとても巨大な胸が俺の頭に押し当てられた。国王様は俺が女性の胸を好きだなんて知らないから、ただ身体《からだ》を近付けた結果なのだろうが、それは俺にとてな、なんという大きさと柔らかさ⁉　い、いかん！　童貞男子高校生には刺激が強すぎる！　幸い座っているから俺の下半身の状態はみんなから見えていないはずだ。なんとか男の筋肉のことを考えて、下半身を鎮めなければ！

「え、え～と……」

「ソーマ殿のような男と出会えたのは運命かもしれんな。年は我の方がだいぶ上だが、その分経験は豊富であるぞ。もしソーマ殿が良ければ、我と試してみぬか？」

あああああああ！

耐えるなんて無理に決まっているだろ！

国王様の吐息が耳元に当たっているし、背中には大きすぎる胸の感触がするし、香水のようないい匂いもするし、年上の女性の包容力というか、妖艶《ようえん》な仕草が童貞男子高校生を仕留めにかかってきている！

「こ、国王様！　さ、さすがに強引すぎるのでは！」

見かねたエルミーからの助け舟が来た。

助けて、エルミー！

国王様と関係を持ったりなんかしたら、大変なことになることが頭では分かり切っているけれど、この童貞の身体が動いてくれないんだよ！

「もちろん、娘の命の恩人であるソーマ殿に無理強《むりじ》いするつもりなどないぞ。ソーマ殿が少しでも嫌がる素振りを見せれば、すぐに離れるつもりだったのだ。どうであろう、やはり我では不満か？」

全然オッケーです！

……っと口に出してしまうのをなんとか堪《こら》えた。相手がこの国の国王様であることと、子供がいることを考えると、ギリギリのところでブレーキが掛かる。

……しかし背中に感じるこの大きな胸の感触が俺を惑わすのだよ！

「ええ〜と、その……」

いかん、ここははっきりと断らなければならない場面なのに、背中の感触があ〜！

「お、お母様！　ソーマ様が困っておられます！」

「カ、カロリーヌ様⁉」

「ほう……」

カロリーヌ様が立ち上がり、両手でバシンッとテーブルを叩《たた》いた。

「お、お父様と死別してから時も経《た》ち、世継ぎのこともあるので、再婚には反対しません。ですが、ソーマ様とはまだ昨日出会ったばかりです。あ、あまりに節操がなさすぎます！」

意外なところから助け舟が来てくれた。大人しいはずのカロリーヌ様が声を荒らげている。おかげさまで国王様の大きな胸が俺から離れてくれた。

……ほっとしたような、少し残念なような複雑な気分だ。

「はあ、何を言い出すかと思えば、それでは女としては甘すぎるぞ。ただでさえソーマ殿のような魅力的な男性には多くの女性が群がってくるのだ。使えるものは権力でも金でも腕力でも、何でも使って男を手に入れなければならないのだぞ。むしろ気に入った男がいたら、出会ってすぐにでも口説こうとしないでどうする」

「うう……」

「「「…………」」」

そりゃこの世界の女性は肉食系女子になるわけだな。

そして国王様の発言を聞いて、なぜかエルミー、フェリス、フロラの三人はショックを受けた顔をしている。

「まったく、お互いに運命の人が現れ、一生を添い遂げるなど、もう男みたいなことを考えている年齢ではないのだぞ。そのようなことを言っているから、カロリーヌはまだ処女なのだ！」

「お、お母様⁉」

いきなりとんでもないことを国王様が言い始めたぞ⁉

「まったく、子を孕《はら》むのも王族の仕事であるのだぞ。その辺りはカロリーヌも姉を見習うべきだな。まあ、あやつほど男狂いになる必要はないが。あやつが今ここにおれば、間違いなくソーマ殿を口説いていたはずだ」

「うう……私にはお姉様のように毎日違う男性を抱くことなんてできません……」

おう……どうやらカロリーヌ様の姉である第一王女様は相当なビッチのようだ。いやまあ、王族としては第一王女様の方が正しいのかもしれないけれどさ。

とはいえ、俺を助けてくれたカロリーヌ様がこれ以上責められているのをあまり見たくはない。

「国王様。どうか、その辺りでお許しください。王族としてどうかは私には分かりませんが、少なくとも私個人としては、カロリーヌ様のように身持ちの堅い女性はとても魅力的に思えますよ」

「ソ、ソーマ様！」

「ふむ、なるほど。ソーマ殿はそういった身持ちの堅い女性の方が好みであるのだな」

国王様がニヤニヤとした顔をしている。そしてなぜかエルミー、フェリス、フロラの三人はうんうんと頷《うなず》いている。

「そうであるな。好みは人それぞれ。王族としての責任さえ果たせば、我が口を出すことではないか」

そう言いながら、自分の席へ戻っていく国王様。そしてそのまま食事が再開された。

いろいろと危ないところだった。年上の魅力というものはこうも恐ろしいものなんだな……

「ところでソーマ殿の今後の予定はどうなっておるのだ？」

「そうですね。無事にカロリーヌ様を治療できたことですし、せっかくなので、明日と明後日《あさって》は王都を観光してからアニックの街へ帰ろうかと思っております」

とりあえず、王都に来た目的は無事に果たせた。とはいえ、せっかく王都に来たのだから、少し王都を観光してからアニックの街に帰ろうとみんなと話していたところだ。

「ふむ……王都を観光か。この王都は国中から様々な物や技術が集まっているので、楽しめるはずである」

それは今日この王城を見ていて十分に分かった。建築様式や出てくる料理など、アニックの街とはだいぶ異なっていたからな。

「本来ならば、我が王都を案内してやりたいところだが、我も忙しい身であるからな。王都に詳しい者を案内として同行させようと思うのだが……」

そう言いつつ、国王様はカロリーヌ様の方をチラチラと見ている。そしてカロリーヌ様は何かに気が付いたようにハッとして、右手を挙げた。

「で、でしたら私が王都をご案内します！」

「さすがにこの国の第二王女であるカロリーヌ様にそんなことをしていただくわけには……」

「い、いえ！　ぜひ私に王都をご案内させてください！　ソーマ様から受けた御恩をほんの少しでもお返ししたいのです！」

「ふむ、ソーマ殿。カロリーヌもこう言っているので、王都の案内は任せてやってくれないだろうか？」

「えっと、カロリーヌ様が街中を出歩くのはさすがに危険ではないでしょうか？」

カロリーヌ様が受けた毒は一介の治療士では症状を抑えることしかできない強力で未知の毒だ。現在その犯人はまだ見つかっていないらしい。さすがにその状態でカロリーヌ様が外に出るのは危険ではないだろうか？

カロリーヌ様個人は人に命を狙われるような人ではないと思うが、王族というだけで、命を狙われる理由は十分にある。

「……いや、むしろ今は王城の中の方が危険である。調査によると、カロリーヌの毒は王城内で盛られたようなのだ」

おう、マジか……

王城に入る際に、みんながものすごく厳重なチェックを受けさせられたのは、そういう理由か。

それならむしろ、回復魔法と解毒《げどく》魔法が使える俺の傍《そば》にいた方が安心な気もする。

「もちろんカロリーヌの護衛はいつも以上に付ける。ソーマ殿は気にせずに王都の観光を楽しんでくれればよい」

確かに王都を案内してくれる人がいるのはとても助かるが、本当に王女様にお願いしてしまってもいいのかな？

みんなの方を見ると、首を縦に振って俺に任せると示している。恩を返すと言われると、さすがに断れないな。

「分かりました。王都のことは詳しくないので、ちょうど案内を誰かにお願いしようと思っていたところです。カロリーヌ様、明日はどうぞよろしくお願いします」

「あ、ありがとうございます！」

「それはこちらの台詞《せりふ》ですよ。明日はよろしくお願いしますね」

「は、はい！　明日がとっても楽しみです！」

そう言いながらニッコリと笑うカロリーヌ様のお顔はとても魅力的に思えた。

「ふむ、よかったな、カロリーヌ。しっかりとソーマ殿をエスコートするのだぞ」

「はい、お母様！」

……どうやら国王様はカロリーヌ様を焚《た》きつけて、彼女に案内をさせることが初めから狙いだったのかもしれない。

わざとらしく俺にくっついて、カロリーヌ様が自分から動くように仕向けたのだろう。

「それではソーマ殿、今日は久しぶりに楽しい食事であったぞ。先ほども伝えたが、我はソーマ殿ならいつでも大歓迎だ。もしも我と試したくなったら、いつでも我の寝室まで訪れるがよい」

「おっ、お母様！」

「…………………」

食事会が終わって、部屋を出る時にそんなことを言う国王様。どうやら俺の予想は外れていたようだ。あれはマジの目だった……

第六章　デートからの拉致

「お、おはようございます、ソーマ様！」

「おはようございます、カロリーヌ様。お待たせしてすみません」

「と、とんでもありません。私も今来たばかりです！」

……なんか新鮮だな。まるでデートの待ち合わせみたいだ。いや、デートなんてしたことないけど。

どうやらカロリーヌ様の体調はもうすっかり良くなったみたいだ。昨日までしばらくの間床に臥《ふ》せていたとは思えないほど顔色がいい。

それにしてもカロリーヌ様はいつ頃から待ってくれていたんだろう。俺も待ち合わせ時間に遅れないよう十五分前くらいに着いたのに、それよりも前に待ち合わせ場所の王城前に来ていた。

「さあ、ソーマ。早く買い物に行くとしよう！」

「ああ、さっさと王都を見て回ろうぜ！」

「えっ、あっ、うん。そうだね」

エルミーとフェリスも、別に時間はあるから、焦《あせ》って王都を回る必要はないんだけどね。一応明後日くらいには王都を出発してアニックの街に帰るつもりだ。さすがに王都が広いと言っても二日あればある程度は回れるだろう。

「カロリーヌ様やソーマ様には指一本触れさせません！」

「はい、今日はよろしくお願いします」

今日は騎士団のカミラさんも俺やカロリーヌ様の護衛として同行してくれている。他にも騎士団の人が五人ほどいるので、みんなを含めると結構な大所帯だ。

「そ、それでは早速みゃいりましょう！」

「「…………」」

「はうう……」

早速カロリーヌ様が噛《か》んでしまった。どうやらかなり緊張しているらしい。顔を真っ赤にして恥ずかしがっているカロリーヌ様の姿はとても可愛《かわい》らしい。

やはり恥じらいを持った、女の子らしい女の子は新鮮でいいなあ～

カミラさんを合わせて六人の鎧《よろい》を身に付けた騎士達と、防具を身に付けたAランク冒険者のみんな。そしてその中心にいる俺とカロリーヌ様。さすがに今日は外行き用の服だが、それでもいいところのお嬢様であることは分かる。

目立つことは目立つが、逆にここまであからさまに貴族を護衛していると見せつければ、手を出してくる輩《やから》はさすがにいないだろう。

カロリーヌ様に案内され、まずは王都にある大きな市場へとやってきた。

「おっ、これはアニックの街では見たことのない調味料だな。よし、こっちも買っていこう！」

異世界の街で香辛料や調味料を購入してテンションが上がっている男子高校生がいるんだってよ！

……はい、俺です。最近は完全に料理が趣味になっているからな。この世界だと娯楽のようなものが全然ないから、自然と料理に時間をかけることが多くなってしまう。それにこっちの世界の食材で元の世界の料理を再現するのって結構面白いんだよね。

「ソーマ様は料理をご自分でなさるのですよね？」

「ええ。これが結構面白いんですよ」

こちらの世界では男性が料理をするのは普通だが、お金や地位のある貴族や治療士がわざわざ自分で料理するというのは少し変わっているのかもしれない。

「ソーマの料理はとても美味《おい》しい」

「ああ、それに見たことがない料理を作ってくれるんだぜ」

「フロラ様もフェリス様もソーマ様の手料理を食べられて羨ましいです……」

そういえば国王様とカロリーヌ様は昨日もそんなことを言っていたな。

「簡単な料理でよろしければ作りましょうか？」

「ほ、本当ですか、ソーマ様‼」

おう……軽い気持ちでした提案だったのだが、思ったよりも食い付いてきた。

「もちろん昨日の食事会でいただいたような立派な料理ではないですけれどね。ちょうど王城の料理長からいくつかレシピを教わる予定だったので、そんな料理でよろしければですが」

「も、もちろん構いません！　とても嬉《うれ》しく思います！」

さすがに喜びすぎだ。男の手料理だからといってそれほど嬉しいものなのだろうか。でもそれだけ楽しみにしてくれるのなら俺も嬉しい限りだ。

「市場を回ってお土産もたくさん買ったし、個人的な買い物もいっぱいできたね」

「ああ。王都に来ることはあまりないから、つい買いすぎてしまうな」

「ソーマ様もエルミー様も満足していただけて良かったです」

そのあともカロリーヌ様の案内で市場を回ってきた。

アニックの街にいる普段お世話になっている人達のために、王都のお土産をたくさん購入してきた。みんなもきっと喜んでくれるだろう。

お昼はカロリーヌ様の案内で、王都で有名な料理屋さんへ入り、とても美味しい昼食を食べた。

ちなみに昼食代はみんなで払うと伝えたのだが、治療のお礼も兼ねているため、カロリーヌ様が支払ってくれた。

男の俺としては、女性であるカロリーヌ様にご馳走《ちそう》になりたくはなかったのだが、みんなにこっそりと女の面目を潰すものではないと窘《たしな》められてしまった。

「鍛冶《かじ》屋にも寄ってもらって悪かったな、ソーマ」

「ソーマ、魔道具屋も寄ってくれてありがとう」

「いや、俺もすごく楽しめたよ」

お昼のあとはエルミーとフェリスの行きたかった王都で有名な鍛冶屋や、フロラの行きたかった魔道具屋にも寄ってきた。

鍛冶屋の方はこちらの世界の男なら興味はないかもしれないけれど、俺にとっては興味しかなかったな。さすが王都というだけあって、デルガルトさんの工房よりも大きく、様々な武器や防具が置いてあった。

……ちなみに例のビキニアーマーも置いてあったぞ。

魔道具屋の方はさすがとしか言いようがなかった。そもそも魔道具というものは基本的に数が少なく高級品なので、アニックの街ではほとんど見かけることがないのだ。それがあんなにもいろんな魔道具があるとは思わなかったな。

俺も、高かったけれどミキサーのような料理に使える魔道具を購入した。

「案内ありがとうございました。今日はカロリーヌ様のおかげで、みんな楽しむことができましたよ」

「ほ、本当ですか！　ソーマ様に喜んでいただけて、私も嬉しいです！」

満面の笑みを浮かべるカロリーヌ様。頑張って俺達をリードしようとしていたカロリーヌ様はとても可愛らしく思えた。

「お礼になるかは分からないですけれど、俺も明日は美味しい料理を作れるように頑張りますね」

今日は王都の市場やお店や観光名所などの様々な場所をカロリーヌ様に案内してもらい、

そのまま俺達が泊まっている高級宿まで送ってもらった。手料理については、俺が王都で売っていた食材をいろいろと試してみたかったので、明日の夜にしてもらった。

「い、いえ！　ソーマ様が作ってくださるお料理なら、どのようなお料理でも楽しみです！」

「俺の故郷の料理なので、カロリーヌ様のお口に合うといいのですけれどね。それでは今日は本当にありがとうございました」

「は、はい！　また明日もよろしくお願いします！」

「それはこちらの台詞《せりふ》ですよ。すみませんが、また明日もよろしくお願いします」

「ひゃ、ひゃい！」

カロリーヌ様とカミラさん達は王城へと帰っていく。明日も王都を回る予定だと伝えたところ、明日の案内も買って出てくれた。

……この国の第二王女様に案内を二日連続でお願いしても、本当に大丈夫なのかという懸念《けねん》はあったのだが、カロリーヌ様本人がそう言ってくれているから大丈夫だろう。

「……少し気になるな」

「どうかしたの、エルミー？」

　高級宿の厨房《ちゅうぼう》を借りて、市場で買ってきた食材をいろいろと試させてもらったあと、相変わらず美味しいこの宿の夕食を楽しみ、部屋へと戻ってきた。

　ちなみに、なぜか昨日の夜からこの宿の従業員達が、最初に宿を訪れた時のようにいろんな種族の若い女性だけではなくなっていた。あれは最初だけの特別サービスとかだったのかな？

「カロリーヌ様のこと？」

「確かに気にはなるけれど、どうせ俺達は明後日《あさって》にはアニックの街に帰るんだから大丈夫だろ？」

「いや、それももちろん気になるのだが……」

　うん？

　フロラもフェリスもなんでカロリーヌ様？

「みんなは今日王都を見て回っている時におかしな視線を感じなかったか？　具体的に言うと、武器と防具を売っていた鍛冶屋の店を出た時辺りだな」

「視線自体は常に感じていたけど、殺意のこもった視線は特に感じなかったな」

　フェリスの言う通り、護衛した騎士団に囲まれていた俺達一行はとても目立っていて、すれ違う人にはかなり見られていた。

「う〜ん、私の気のせいか。こちらを見てくる人の視線の中に、殺意ではないが、じっと監視するような眼差《まなざ》しを感じたと思ったのだがな」

「あれだけ人の視線の多い中で、それがこちらを監視している視線かは分からなかった。ソーマとカロリーヌ様、どちらを見ていたか分かる？」

「……いや、さすがにそこまでは分からなかったな。みんなが気になっていなかったのなら、たぶん私の気のせいだ。とはいえ、明日もカロリーヌ様と一緒に街を回るわけだし、少しだけ気に留めておいてくれ」

「俺達に気付かれずに監視していたとしたら、向こうもかなりの手練《てだ》れだな。分かった、覚えておく」

「気を付ける」

フェリスとフロラも気に留めておいてくれるようだ。当然俺には人の視線なんかが分かるわけはないが、一応気を付けるようにしておこう。

◇◇◇

「カロリーヌ様、今日もいろいろとありがとうございました。あちこち連れ回してしまってすみません」

「と、とんでもございません！　昨日に続いて、今日も皆様と一緒に王都を回ることができて本当に楽しかったです！」

今日は王都の観光名所を見て回り、最後に王都の孤児院へ行って、食料と多少のお金を寄付してきた。今はみんなで王城へと帰る途中である。

アニックの街にある孤児院の様子を見たこともあって、王都の孤児院はどうなっているのか気になっていた。結果的にはアニックの街の孤児院よりもまだまともな状態だった。やはり王都の方がいろいろと余裕があるのかもしれない。

「それなら良かったです。でも服の方が少し汚れてしまいましたね……国王様に何か言われたら、俺があちこち連れ回してしまったせいだと伝えてください」

孤児院の建物や部屋はだいぶ汚れていたからな。それに子供達もあまり清潔な格好ではなかったので、みんなの服や鎧《よろい》がだいぶ汚れてしまった。俺達はともかく、カロリーヌ様や騎士団の人には申し訳ないことをしてしまった。

「いえ、服など洗えば良いだけですから」

王族の王女様ではあるけれど、孤児院の子供達とも触れ合っていたし、カロリーヌ様はとても優しい女性のようだ。

「それよりもソーマ様、私は感動しました！」

「はい？」

「ソーマ様のお噂《うわさ》を聞いた時はそんな聖人のようなお方が存在するなんて、とてもではありませんが信じられませんでした！　ですが、ソーマ様はお話通りの……いえ、それ以上に素晴らしいお方でした！」

「は、はあ」

いきなりどうしたんだ？　なぜかカロリーヌ様のテンションがとんでもないことになっているんだが⁉

「他の治療士様には治せなかった私を助けてくれた上に、報酬をまったく受け取ろうとはしませんでした。それに今も恵まれない子供達にたくさんのお金を寄付しておりました！」

「い、いえ。そこまで大したことでは……」

「そうやってご謙遜されるところも素敵です！　貴族の男性はどなたも自分を着飾ることに精一杯で、ソーマ様のように、他人を思いやる気持ちがあまりないのです！」

「いえ、俺もそこまで他人のために尽くしているというわけじゃ……」

頼むから話を聞いて！

それは今俺ができることをしているだけだし、周りのみんなが俺を助けてくれたから、その恩を他の人にも返していきたいだけだ。

「とりあえず落ち着いてください。別に俺が偉いわけではなく、このジョブがすごいだけですから」

「……短い間でしたが、ソーマ様のお人柄はよく分かりました。そして、今の私のような男らしい性格では釣り合わないということもはっきりと分かりました」

いや、俺としてはその元の世界の女性らしい仕草はとても魅力的だから、そのままでいいのだが……とか言える雰囲気ではないな。

「私は決めました！　必ずソーマ様に相応《ふさわ》しい女性となってソーマ様をお迎えにあがります！」

「………………」

あれ、もしかして今俺は告白されているのだろうか？

ど、どう返事しよう⁉

「……カロリーヌ様、ソーマ様、このような場面で本当に申し訳ないのですが、注意してください！」

「えっ⁉」

周りを見ると、カミラさんや護衛の騎士達、そしてみんなも俺とカロリーヌ様を背後に

取り囲むようにして武器を構えていた。

「ソーマ、敵だ。明らかに敵意を持ってこちらを狙っている！」

「敵⁉」

俺には何も感じられないが、エルミー達には何らかの敵の存在が見えているらしい。

「……かなりの手練れみてえだな。正確な場所が分からねえ」

「ソーマ、念のためカロリーヌ様と一緒に障壁魔法の中へ」

「わ、分かったよ、フロラ。カロリーヌ様、こちらへ！」

「は、はい！」

カロリーヌ様へ近付き、障壁魔法を周囲に展開する。

まだ日も暮れていない街中の大通りなのに、相手は正気なのか⁉

「おっ、おい！　こいつ、武器を抜いているぜ！」

「騎士の人だぞ！　なんだ、強盗か⁉」

みんなが戦闘態勢に入ったことに気付いた周りの人達が騒ぎ出す。

「皆の者、早くここから離れるのだ！」

「おっ、おい、なんかヤバそうだぞ！」

「早く逃げるわよ！」

カミラさんが一際《ひときわ》大きな声を上げると、騎士団の者が剣を抜いているということもあり、すぐに周りにいた市民が悲鳴を上げて今いる広場から一斉に離れていく。辺りはあっという間に俺達だけになった。

そして人がいなくなった広場を静寂が包み込む。

「皆の者、分かっているな！」

「「はい！」」

護衛の騎士の人達がカミラさんの号令に応える。いったい何を分かっているんだ？

「皆さん！」

「ああ、相手の数はかなり多いうえに手練れだ。今の騒ぎですぐに他の騎士団が集まってくる。それまで持ちこたえるぞ！」

「おう！」

「了解！」

エルミーの言葉に応えるフェリスとフロラ。

どうやら敵の数は多く、かなり手強《てごわ》いらしい。だからこそ、味方がここに集まってくるまで持ちこたえるという作戦を取るようだ。

「くっ⁉」

キンッと金属と金属がぶつかり合う音が響く。フェリスの盾に弾《はじ》かれたナイフが地面に突き刺さっているのが、みんなの背中の隙間越しに見えた。

「ちっ……気を付けろ、毒が塗ってあるぞ！」

敵は明確な殺意を持ってこちらを襲ってきている。

毒……おそらく、カロリーヌ様が受けたという例の猛毒に違いない。やはり狙いはカロリーヌ様か！

「毒に触れたり怪我《けが》を負ったらすぐに治療するので教えてください」

俺も俺ができることをするぞ！

「頼むぞ、ソーマ。ぞろぞろとお出ましのようだ！」

後ろにいたエルミーの方を振り返ると、そこにはフードを目深に被りマスクで顔を隠している怪しい集団がこちらを取り囲んでいた。そしてその数は十や二十ではなく、三十人以上はいる。

「来るぞ！」

フェリスの言葉を皮切りに、敵の集団は一言も発さず、一斉にこちらに向かって襲い掛かってくる。戦いが始まった。

「くそっ、やはりこいつらはなかなかの手練れだぜ！」

後ろでも金属同士がぶつかり合う衝撃音がした。すでにどこもかしこも戦いが始まっている。みんなは俺とカロリーヌ様を背後に守りつつ、その陣形を崩さずに守りを優先して戦っている。

一人で二人以上を相手にしているが、互いに死角を守り、守りを固めているため、なんとか耐えきれている状態だ。

「ソ、ソーマ様……」

「大丈夫、ここから動かないようにしてください！」

カロリーヌ様と一緒に障壁魔法の中でみんなの戦いを見守っている。

くそっ、やはり強者の戦いの中で、俺にはまともに援護をすることができない。このレベルの戦いの中では障壁魔法を使う隙がまったくないのだ。みんなが怪我をしたり毒に触れた時に回復魔法を使うだけで精いっぱいだ。

「ヒール！　ハイキュア！」

「おおっ、ありがとうございます！」

回復魔法と解毒《げどく》魔法を使うと、騎士の負った傷が一瞬で塞がり解毒もできる。

よし、みんな無理な攻撃はせず、周りの味方と連携しつつ、時間を稼ぐことに重きを置いて戦っている。俺も聖男《せいだん》のジョブのおかげで、何度も回復魔法を使用できる。このまま時間を稼いでいれば、助けが来るに違いない。

それにしても騎士団や他の冒険者達がまだ援護に来てくれない。もしかしたらこいつらの他にも大勢の協力者がいて、足止めをされているのかもしれない。

「なにっ⁉」

シュウウウウウ

「くそっ、こっちもだ」

襲撃者達が投擲《とうてき》してきたものをみんなが打ち落とすと、そこから白い煙が噴き出し視界を奪う。

これは煙幕……いや、毒か⁉

「できる限り煙は吸うな！」

エルミーの指示でみんなが口を手で塞ぐ。

くそっ、敵のマスクはこの時のためか！　幸い障壁魔法はその煙を通さないようで、煙は俺とカロリーヌ様には届いていない。

みんなに解毒魔法を使いたいが、みんながどこにいるかが分からない。解毒魔法はある程度の範囲内かつ、対象が視認できないと使うことができないんだ。

「くっ、フロラ、風でこの煙を吹き飛ばしてくれ！」

「ウインドストーム！」

フロラの風魔法により、煙が晴れていく。しかし、今のでこちらの陣形がだいぶ崩されてしまった。

「ぐあっ⁉」

「ぐはっ⁉」

「ヒール、ハイキュア！」

崩れた陣形の隙を突いて、襲撃者達が騎士の二人を襲う。すぐに回復魔法を使うと緑色の光が二人の身体《からだ》を包み、傷を癒《いや》す。

大丈夫、傷を負ったとしても、即死でなければすぐに治療できる。

「ソーマ様！」

「うっ⁉」

回復魔法を使用している隙に、襲撃者が迫ってきた。

だが大丈夫、この障壁魔法は並大抵の攻撃では破れない。攻撃を防いでいる間にみんなが陣形を立て直す！

バキンッ

「……くっ⁉」

勢い良く突っ込んできた襲撃者が、ナイフを突き立てようと障壁魔法に突進してきたが、むしろ襲撃者のナイフのほうが折れた。

しかし、めちゃくちゃ怖い！　いくら攻撃が通らないとはいえ、敵はナイフを握って敵意を持って襲ってくる。

「…………………」

もう一人の襲撃者が俺の目の前に立つ。フードの奥がはっきりとは見えないが、他の襲撃者よりも小柄な女の子のようだ。女の子は右手を前に出して、障壁へと触れる。何をする気なのかは分からないが、この障壁魔法の中なら安全なはずだ。

「……開錠！」

「んなっ⁉」

フードの女の子が何か呟《つぶや》いたと思ったら、今まで誰も打ち破ることができなかった俺の障壁魔法が消失した。破られたのではなく、消失しただと⁉

「ソーマ様！」

カロリーヌ様が俺を庇《かば》おうとして、襲撃者との間に割り込もうとする。

まずい！

敵の狙いはカロリーヌ様、いくらこの世界で男性は女性に守られる存在であろうと、俺には関係ない！

男ならここで根性を見せないで、いつ見せるんだ！

「カロリーヌ様！」

「えっ、きゃ⁉」

力の限りカロリーヌ様をカミラさんの方へ突き飛ばす。カロリーヌ様だけはなんとしても逃がさなければ！

「障へ──うぐっ⁉」

新たな障壁魔法を張りなおそうとしたのだが、その前に俺の腹部に鋭い衝撃が走った。

急いで障壁魔法と回復魔法を……

駄目だ、呼吸ができない……意識が……

「「「ソーマ！」」」

「「「ソーマ様！」」」

薄れゆく意識の中、カミラさんがカロリーヌ様を抱きかかえる姿が見えた。そしてみんなの声が薄《うっす》らと聞こえる中、俺の意識はそこで途絶えた。

◇◇◇

「……こ、ここはいったい？」

なんだろう、頭がボーっとする。ここはどこなんだ。みんなはいないのか？

あれ、両手が上に伸ばされた状態で固定されているし、両足も金属製の輪で固定されている。そしてここは牢獄《ろうごく》のようで、周囲には鉄格子《てつごうし》が見えた。

そうだ！　確か俺は襲撃者達に捕まってしまって――

「ようやくお目覚めのようですね」

「あ、あなたは！」

俺の目の前には一人の女が立っていた。かなり恰幅《かっぷく》の良い体型で、綺麗《きれい》な服を着ている。歳《とし》は四、五十代くらいに見えるが、はっきりとは分からない。だが、俺はこの女性を見たことがある！

「グレイスさん……」

そう、王城で国王様の隣にいた宰相の女性、グレイスさんだ。

「また会えましたね、治療士のソーマ殿。いえ、男巫《おとこみこ》のソーマ。まだあなたには名乗っておりませんでしたか。私の名はダーティ＝グレイス。まあ、あなたが知る必要はないのですがね」

「……なんであなたが？　それにここはどこだ？」

「くっくっく、まだ状況が分かっていないのですか？　天使やら男神《おがみ》やらとおだてられているくせに、頭のほうはそれほど賢くないようですね」

いや、そりゃここまできたら、俺にだって想像はできるが、まだはっきりと現状が分かっていない。それに拉致された時に気絶していたせいか、まだ少し頭がボーっとしている。

「あなたは罠《わな》にかかったのですよ。ここはとある場所にある私達のアジトの地下牢《ちかろう》です。まさかこの国の第二王女を暗殺しようとしていたら、治療士の上位ジョブである男巫が現れるとは思ってもいませんでしたよ！」

そうか、すべてはこいつが黒幕だったわけだ。

カロリーヌ様を毒で殺そうとしたのも、先ほど俺達を襲ったやつらも、こいつの差し金ということか！

「初めはこの国の王女を暗殺し、他国での地位を得るだけのつもりだったのですが、まさかその王女を治療するために、男巫のジョブを持つ男が現れるとは、私も本当に運が良いですね！」

「…………」

なるほど、どうやらこの女は他国と繋《つな》がっていたようだ。そしてそれを俺に話すということは俺をこのまま帰す気はないのだろう。

「男巫――あの猛毒でさえ治すことができる奇跡のジョブ。そんな奇跡の力を他国へと引き渡せば、私の地位はこの小さな国の宰相などとは比べ物にならないほど盤石《ばんじゃく》なものとなるでしょう！　さすがは私財のすべてを費やして雇っただけのことはある闇ギルドの連中です。あの一流の護衛達から見事に男巫の拉致を成功してくれるとはね！」

そうだ、他のみんなはどうなったんだ⁉

「ほ、他のみんなはどうした！」

「ああ、あの場にいた他の者達ですか？　私の一番の目的はあくまでもあなたですからね。あなたを確保した時点で、すぐに撤退してもらいましたから、おそらくは無事ではないですかね？」

「…………」

それが本当なら俺にとってはとても嬉《うれ》しい情報だが、本当なのかを確かめる術《すべ》は今の俺にない。

「安心してください、それは本当のことですよ。死んだという偽《にせ》の情報を与えてもよかったのですが、男というものはどんなに儚《はかな》くても希望がある限り、それに縋《すが》るものですからね。どうかあなたも簡単に壊れてしまわないようお願いしますよ」

なにそれ、めっちゃ怖いんですけれど！

俺はこれから他国に売り飛ばされて何をされちゃうの⁉

だがみんなが無事という情報はとてもありがたい。俺はみんなを信じている！　何をされるのか分からないが、みんなが助けに来てくれるまでなんとしても耐えてみせるぞ！

「さて、他国の使者に引き渡す前に、たっぷりと楽しませてもらうとしましょうか！　それでは皆さん、中へ入ってきてください」

「ようやくかよ！」

「待っていたぜ！」

「くっくっく、楽しませてもらうとしようぜ！」

「んなっ⁉」

グレイスの合図で地下牢の中に二十人近くの女性が入ってきた。そしてその女性達は全員が裸であった。

「ああ～なんと素晴らしい表情でしょう！　絶望に染まった美しい男性の表情というものは、いつ見てもたまりませんねえ！　さすがのあなたでもこれから何をされるのかくらいは理解しているようですね！」

そりゃ理解はしている。

あれだ、捕まえた捕虜とかにエロいことをしちゃう定番のやつだろ！　だけど貞操が逆転した異世界だとこうなるのか⁉

「さあ、今回の功労者である闇ギルドの皆さんにも楽しんでもらいましょう！　どうやら薬と魔法もしっかりと効いているようですね。あなたの大事な場所がそそり立っておりますよ」

「……はっ⁉」

言われてみて初めて気づいたが、今の俺は着こんでいたローブや服が脱がされており、上はインナー一枚に下はパンツ一丁だ。しかも俺の股間はギンギンな状態である。

そうか、この世界では薬や魔法を使って無理やり男を犯すのだったな。さっきから頭が全然働かないと思ったら、そういうことか！　それならば……

「ハイキュア！」

解毒《げどく》魔法を唱えると、頭の中がだんだんとスッキリしてきた。どうやらこの強制的に男を発情させる薬や魔法は解毒魔法で解除することができるようだ。

頭の中がスッキリして分かったが、確かに先ほどまでの状態は危ない状態だった。頭がボーっとして、ものすごく興奮した状態になっていたぞ。

「くっくっく、あなたが解毒魔法を使えることは分かっておりましたが、どうやらこの強力な薬と魔法は、男巫であるあなたでも完全には解除できないようですね！」

「…………………」

いや、頭の中は完全にスッキリしているし、思いっきり効果があったっぽいぞ……

実際には俺は聖男《せいだん》で、男巫ではない。さすがのこいつらでも、俺が聖男であるという情報までは摑《つか》めていなかったようだな！

「その証拠に今もあなたの大事な場所はそそり立っていますよ！」

「くっ……」

解毒魔法はしっかりと効いている。しかし未《いま》だに俺の股間はギンギンな状態のままだ。

そりゃそうだろ‼

童貞の俺がこれだけの裸の女性に囲まれて興奮しないなんて不可能だ！　この状況で興奮するなとか無理じゃん！

「ああ、なんと素晴らしい！　これほど美しく男神とまで呼ばれている男性を思いのままにできるなんて！」

あっ、そっちの女性はめちゃくちゃタイプだ。こっちの女性はめちゃくちゃ胸がデカい！

あっちの女の子は耳と尻尾がある獣人だけど、下のほうはどうなっているんだろう！

「……なあ、グレイスさん、もういいだろう？　こんないい男を目の前にしてお預けなんてもう限界だぜ！」

「ああ、ただでさえこんな綺麗な男性が下着姿なんだからな！」

「くう〜早くこの男に俺の股を舐《な》めさせて、そそり立つアレを俺の中に入れたいぜ！」

くそっ、なんという誘惑！

俺の方がもう限界だが、こんなやつらの思い通りにさせるわけにはいかない！

「くっ⁉」

「怯《おび》えちゃって可愛《かわい》いなあ、おい！」

「怖がっている姿もそそるじゃねえか！」

いや、違うんだ。怯えや恐怖なんてこれっぽっちもない。

これは俺の理性と性欲が闘っているだけなんだ！

「ええ、そろそろ始めるとしましょう！　まずは私から始めさせていただきますよ。天使や男神とまで呼ばれた黒髪の男性。その童貞は私がいただきます！」

嫌だあああああ！

いくら俺でも四、五十代の女性が初めてなのは絶対に嫌だあああ！

「誰がお前なんかにこの身体《からだ》を許すものか！」

「くっくっく、いいですね！　せいぜい抵抗してください。そちらのほうが私達も楽しめますから！」

「障壁！」

周囲に半透明の壁が現れて、俺を拘束した椅子ごと囲む。

「ちっ！」

よし、どうやら拘束されたままでも障壁魔法は使えるみたいだ。

いかん、いかん。綺麗な女性達の裸を目の前にして、俺もだいぶ混乱していたようだ。

いくら綺麗な女性達だからといって、こいつらは犯罪者で闇ギルドの連中だった！

こんなやつらに身を許してはいけない。このまま障壁魔法で耐え続ければ、きっとみんなが助けに来てくれるはずだ！

「なんだ、これ！」

「くそっ、なんだこいつは！　全然壊れやしねえ！」

「報告によるとかなり強固で厄介な障壁らしいですね」

俺の聖男のジョブによる障壁魔法は普通の治療士が使うものと、その強度はまったく異なる。Ａランク冒険者の攻撃も防げるくらいだから、そこいらの連中に破られるわけがない。

「出番ですよ、デジアナ！」

「…………」

グレイスの合図により、地下牢の入り口から入ってきたのは少し小柄な女の子だった。

茶色いショートカットで、前髪により顔が半分くらい隠れているが、とても可愛らしい顔立ちをしている。

「もう、このまま楽にさせてあげなよ。この男の人が可哀《かわい》そうだよ」

いや、それはそれでものすごく困る！

「いいから黙って命令を聞きなさい。でなければ大怪我《おおけが》を負ったあなたの妹は助かりませんよ！」

「……っ！」

よく分からないが、どうやらこのデジアナという女の子には怪我をした妹がいて、その子のためにこいつらに無理やり言うことを聞かされているっぽい。

「ごめんなさい……開錠！」

「んなっ⁉」

デジアナが俺の障壁に手をかざすと、俺の障壁魔法が消失していった。

そういえば俺が攫《さら》われた時も、強固であるはずの俺の障壁魔法がなぜか消失したんだ！

「くっくっく、私が治療士の障壁魔法に何の対策もしていないとでもお思いですか？　しかし本当によい拾いものをしたものです。どんなドアや魔法による壁であっても開くことが可能な開錠魔法。まさかこんな女が非常に希少な盗賊王のジョブを持っているとはね！」

開錠魔法――聖男である俺の障壁魔法でも開くことができるだと！

くそっ、まさかこの障壁魔法にこんな天敵のジョブがあっただなんて！

「それにしても盗賊王ですか。まさに我々のような悪党や盗賊のためにあるようなジョブですね。なんて素晴らしいジョブでしょう！」

「うう……」

「…………」

苦悩の表情を浮かべるデジアナ。

おそらく彼女はその盗賊王とかいうジョブを望んではいなかったのかもしれない。

冒険者ギルドマスターのターリアさんも言っていたが、ジョブは自分で選ぶことはできないからな。

いや待てよ、俺がこの子の妹を治療すると言えば、もしかしたらこの子は俺の方に寝返ってくれるのではないのか？

「先に言っておきますが、変な気を起こさない方が身のためですよ。この建物にいるあなたの妹がどうなっても良いのであれば話は別ですがね」

くそっ、妹がこのアジトにいるなら、さすがに寝返るのは無理か。

「安心してください。あとで好きなだけあなたにもこの男の身体を楽しませてあげますからね」

「必要ない……」

そう言いながらデジアナは後ろへと下がっていった。

「お待たせしましたね、ソーマさん。さあ、楽しませてもらいますよ！」

ノオオオ〜！

頼みます、チェンジ、チェンジで！

これからめちゃくちゃにされるのなら、せめて最初だけはさっきのデジアナみたいな可愛くて若い女の子がいいです！

「ふっふっふ」

いやあああ、服を脱ぎ始めないでえええ！

「そ、そうだ！　俺は童貞だが、童貞を失うと男巫《おとこみこ》の力を失う可能性があるんだぞ！」

それはまだ仮説の話だが、あり得ない話じゃない。グレイスのやつも俺のジョブがなくなってしまったら困るはずだ。

「くっく、何をそんな出鱈目《でたらめ》を言っているのですが？　この国には歴史上名だたる治療士や男巫がおりましたが、その誰しもが、何人もの妻を迎えております。そんなことはあり得ませんよ」

えっ、そうなの⁉　ってことは俺が童貞を失っても聖男の力は失われないってことなのか！　意外なところから新事実が……って今はそんなことはどうでもいい！

いやあああああ、パンツを脱がさないで！

神様、仏様、聖男様！　誰でもいいから助けてください～‼

ドゴオオオオン

「なっ、何事だ⁉」

俺の貞操が絶体絶命のその時、巨大な轟音《ごうおん》が鳴り響き、大きな震動が地下牢《ちかろう》を襲った。

「た、大変です！」

「何が起きた！　この震動はなんなんだ⁉」

地下牢に一人の女性がやってきた。鎧《よろい》を身に付けているところをみると、闇ギルドの者ではなく、この地下牢の警備をしている者だろうか。

「こ、この場所に襲撃者が現れたようです！　現在対応しているようですが、苦戦している模様です！」

「なんだと！」

えっ、なに、もしかしてギリギリのところで助かりそうな感じ？　俺の貞操はセーフ？

「ば、馬鹿な！　まさかこの場所を嗅ぎ付けただと！　それにこの男を助けに来たとしても、たかだか数人程度のはずだぞ！」

「と、とにかく、私達だけで耐えるのは難しいです！」

「ちっ、どうやら邪魔が入ったようですね……まあいい、お楽しみはあとに取っておくことにしましょう」

セーフ！

どうやら俺の貞操は紙一重で守られたらしい！

「さあ、皆さん早く襲撃者どもを排除しますよ！　お楽しみはそのあとです！」

「ちっ、ここまできてお預けかよ！」

「まあ、高い金も貰《もら》った上にあんないい男で楽しめるんだ。仕事は言われたとおりこなそうぜ」

「さっさと片付けて戻ってくるから待っていろよ！」

裸の闇ギルドの連中が次々と地下牢を出ていく。

今は紙一重で助かったようだが、彼らが戻ってきた時が俺の貞操の最期だ。なんとかして逃げ出したいところだが、手枷《てかせ》と足枷により、文字通り手も足も出ない。

「……開錠」

ガチャッ

「……!?」

その開錠魔法を発した声と、俺の手枷と足枷の鍵が開いた音は闇ギルドの連中が地下牢から出ていく際の喧噪《けんそう》によって、俺以外の誰も気付くことはなかった。

「…………………」

例の盗賊王というジョブを持っているデジアナのほうを見ても、何も語ろうとはしない。しかしその目が、今の間に逃げてくれと語っているように俺には見えた。

「はあ、なんで俺達が見張りなんだよ」

「あんないい男を目の前にして手を出せないなんて、こっちが拷問を受けているようなもんだぜ……」

地下牢の外には二人の見張りがいる。当然すでに服を着て武装済みだ。

俺の手枷と足枷の鍵は外れており、いつでも抜け出すことができるのはまだバレていない。しかし、俺がここから逃げるためには今地下牢にいるあの二人の見張りと、この地下牢自体にかけられた鍵を何とかしなければならない。

「にしても上のほうはおせえな。そんなに襲撃者に手こずってんのか？」

「だらしねえなあ、俺なら一瞬だってのに」

「よく言うぜ。まあ、この辺りの有名な闇ギルドの腕利き《うでき》はほぼ全員集められているから問題ないだろ」

どうやら俺の襲撃計画はかなり時間をかけて計画されていたらしい。俺が男巫であるという連絡が王都に届いてから、すぐに闇ギルドの連中を集めたのだろう。

エルミー達Aランク冒険者が俺の護衛にいることを知り、入念に準備をしていたのかもしれない。宰相というだけあって、かなり頭が切れるな。

この地下牢から何とかして脱出したいところだが、あの鍵が邪魔だ。

……仕方がないな。男としては断固としてやりたくはないが、背に腹は代えられない！

「はあ……はあ……」

地下牢の前にいる見張りに聞こえるように、わざと荒い息遣いをする。

「なあ……」

「ああん、どうかしたのか？」

見張りの二人に話しかける。よし、ここだ！

「はあ……はあ……もう限界なんだ。誰でもいい、頼むから身体《からだ》を鎮《しず》めてくれないか……」

「ゴクリッ」

二人の見張りの生唾を飲み込む音が聞こえてきた。

「……なあ、おい」

「ああ……そういや媚薬《びやく》と魔法が効いているんだったよな」

どうだ、下着姿で両手両足を拘束されて、おまけに媚薬によって発情している男……逆の立場だったら最高にエロいシチュエーションだろ？

「しょうがねえな、もちろん最後まではヤれねえが、身体を慰めてやるくらいはいいよな？」

「へっへっへ、見張りの役得ってやつだろ。さすがに最後までヤったらぶっ殺されちまうだろうが、これくらいなら罰は当たらねえだろ」

計画通り！

俺の見事な演技により、誘われた見張りの二人が地下牢の鍵を開けて中へと入ってきた。

ここだ！

「障壁！」

「んな⁉」

「なんだ、半透明の壁が！」

障壁魔法の壁を見張り二人の四方に張って動きを拘束する。障壁魔法もこうすれば拘束魔法の代わりに使うこともできるのだ。もちろん空気が通る穴はあけている。

見たか、俺の完璧な作戦を！　あえて発情したと見せかけて、見張りを誘い込むハニートラップならぬダーリントラップとでも言うべきだろうか。

こういったシチュエーションはくノ一もののエロ本で山ほど見てきたからな。拘束されたくノ一ものとかって最高だよね！

……まあ代わりに男としての大切な何かを失った気がしなくもないけれど。

「おいっ、待てこら！」

「てめえ！」

見張りの二人を障壁魔法で閉じ込めたまま地下牢を出る。

地下牢を出たところで、デジアナが鍵を開けてくれた手枷と足枷を外した。

見た目では鍵がかかっているかどうか分からない枷だが、もしも鍵を開けたことがバレていたら彼女がまずい状況に陥っていたかもしれない。

その危険を冒してまで、俺を助けようとしてくれた彼女にはとても感謝している。だが何はともあれ、今はこの場所を脱出しないと。

地下牢に入れられていたのは俺だけのようで、他の牢には誰も人は入っていなかった。どうやら地下牢にいた見張りはあの二人だけのようだ。とりあえず俺の服があったのでそれを着て、ゆっくりと地下室から上の階へと上がる。幸いここにも見張りはいなかった。

「隠し階段みたいな感じか。これからどうしよう？」

階段を上がると、そこはどこかの建物の廊下になっていた。

とりあえず、このアジトへの襲撃者達がエルミー達だとすれば、なんとしてもみんなと合流しなければ！

◇◇◇

くそっ、ここはどこなんだ！

さっきから出口を探してこの建物の中を走り回っているのだが、全然見つからない。どうやらこの建物は大きな工場の廃墟《はいきょ》のようだ。もしかすると、俺が気絶している間に王都の外に運ばれた可能性もある。

「くそっ、どうしてこの場所が分かったんだ！」

……まずい、人の声だ！

この声はグレイスのやつか。

なんてこった、みんなと合流する前にあいつらと鉢合わせてしまった。とりあえずとっさに物陰に隠れたのはいいが、見つかったら非常にまずい！

「何らかの追跡に優れたジョブを持ったやつがいたのかもしれねえな」

「捨て駒とはいえ、すでに正面を守っていたやつの半数以上がやられたか。まさか騎士団の精鋭どころか、高ランク冒険者が複数で攻めてくるのは計算外だったぜ」

やはりみんなが俺を助けに来てくれたみたいだ。他の騎士団の人達や、冒険者の人達まで来てくれているらしい。

「俺達は正面からの戦いには慣れてねえからな。今は例の毒を警戒して向こうも一気に攻めてこねえが、このままじゃ時間の問題だぜ。どうするんだグレイス？」

グレイスと一緒にいるのは闇ギルドの偉いやつか？　まさかこの国の宰相と闇ギルドが繋《つな》がっているとはな……

「そうですね、このアジトは放棄しましょう。捨て駒達が時間を稼いでいるうちにソーマを連れて逃げるとしましょうか。あの男さえいれば、他国での地位や財産は思うがままですからね！」

「へへっ、これで俺達も表舞台で贅沢三昧《ぜいたくざんまい》の生活を送れるわけだな」

「ああ、男も好きなだけ抱き放題だぜ！」

まずいな、ここで見つかって他国に連行されてしまえば、いくらみんなでも俺の行方を追うことは難しいに違いない。

「そうと決まればすぐにこのアジトを離れましょう。私達はすぐに非常用の馬車の準備をします。皆さんは馬車まであの男を連れてきてください」

「おう！」

「了解だ！」

どうやらあいつらは俺がまだ地下牢《ちかろう》にいると思って、この場所から移動するようだ。あいつらがここから移動し次第、すぐに俺も逃げよう。

「んっ、ちょっと待て。なんだこの気配は……ここに人の気配がしやがる」

げっ、嘘《うそ》だろ！　なんかのジョブか⁉

「んなっ！」

「なぜ貴様がここに⁉」

くそ、見つかってしまった！　ここには逃げ隠れる場所なんてどこにもない。

しかも向こうには俺の障壁魔法を解除できるデジアナまで一緒にいる。

「見張りは何をしていたのだ！　男一人に逃げられるとは使えないにもほどがあるぞ！」

「ったく、見張りのやつらはそのままここに置いていくとしよう。だが、ある意味良かったかもしれねえな。これで地下牢からこいつを連れてくる手間が省けた」

「むっ、確かにそう言えなくもないか」

「くそっ……」

絶体絶命というやつである。この廊下には窓もないし、後ろは行き止まり。そして目の前にはグレイスとデジアナに加えて、屈強な闇ギルドの連中が十人以上……

そして俺の頼みの綱である障壁魔法は……

「障壁、障壁、障壁！」

「おい」

「……開錠」

「うぐっ……」

三重に張った俺の障壁魔法が一瞬にして消失していった。さすがにこの状況ではデジアナも俺をかばいはしないらしい。

「ふっふっふ、無駄ですよ。障壁を消した瞬間にまた気絶させてやりなさい！　次に目が覚めた時には、たっぷりと楽しませてもらいますよ！」

駄目だ、俺の障壁魔法はデジアナの前では通用しない！

「……開錠」

そして再び障壁魔法が消され、その瞬間にデジアナの拳が迫ってくる。

くそっ、ここまでか……

こんな世界に転生してきて、見ず知らずの女性達に犯され続け、悪党のために回復魔法を使わなければならなくなるのか。

せめて童貞だけは好きな女性で卒業したかった……

ドゴオオオオン

「ソーマ！」

「なんだとっ⁉」

迫りくるデジアナの拳を前に、俺の貞操の終わりを覚悟したその瞬間、後ろから突如轟《ごう》音《おん》が鳴り響き、俺の目の前に真っ赤な髪の人影が現れた。

「フェリス！」

「障壁！」

フェリスの大きな盾が俺とデジアナの間に割って入り、デジアナの拳を防ぎ切った。

「へへ……ギリギリだけど間に合ったようだな！」

「ウインドブレッド！」

「くっ⁉」

フロラの魔法がデジアナを後方へと退ける。

「ソーマ、無事か！」

「フロラ、エルミー！」

俺の後ろからは他の二人も現れた。

完全に逃げ場のない通路だと思っていたが、俺の後ろには大きな穴が開いていた。どうやら廊下の壁を無理やりぶち破ってきたらしい。

「ソーマ、怪我《けが》してねえか？」

「うん、フェリスのおかげで怪我一つ……って、その怪我！」

エルミー達の顔が見られて、少しだけ落ち着き、冷静にみんなの姿を見ると、フェリスとエルミーは血だらけになっていた。二人の防具もボロボロで、結構な量の血がこびりついている。

さすがに後衛であるフロラに大きな怪我はなさそうだが、それでもかなり疲弊しているように思えた。

「ちょっと無理をしちまったからな。それよりもソーマが無事で何よりだぜ！」

「思ったよりも相手が手練《てだ》れだったんだ。ソーマ、回復魔法と解毒《げどく》魔法を頼む！」

「ヒール、ハイキュア！」

急いで回復魔法と解毒魔法をみんなにかける。

みんなこんなにボロボロになってまで、俺のことを助けに来てくれたのか……

しかもみんなが受けた猛毒は、俺以外の治療士には治療することができない猛毒だ。文字通り、みんなは命を懸けて俺を助けに来てくれたんだ！

「本当にありがとう！」

漫画やアニメでよくある展開で、盗賊達や悪党達に殺されそうになったヒロインが、ギリギリのところで主人公に助けられた時の気持ちが、ものすごくよく分かった。

自らを顧みずに命がけで自分を助けに来てくれるヒーロー――こんなの惚《ほ》れるなというほうが無理に決まっている！　今めっちゃ胸がキュンキュンしているもん！

命を助けられたからといって、すぐに惚れるなんてちょろインじゃんとか思っていたのは撤回する。俺は今最高にちょろインモードになっている！

「あ、あいつら……足止めもできんとは、まったく使えないやつらめ！」

「まさか、壁をぶち破ってくるとはな……」

突然の出来事にあっけにとられていたグレイスと闇ギルドの連中がようやく我に返る。

「ちっ、このままでは他の騎士どもが来てしまう……おい、相手はたったの三人だ！　さっさと殺してソーマを連れて逃げるぞ！」

「あ、ああ！」

「はっ、たった三人で何ができるんだよ！」

「今度はきっちりぶっ殺してやるぜ！」

三人が助けに来てくれたが、状況は未《いま》だに劣勢だ。相手には闇ギルドの手練れが十人もいる。

「ソーマは障壁魔法を！　フェリス、フロラ、あの小柄な女だけはソーマには近付けさせるなよ！」

「任せろ！　命に代えても絶対に通さねえよ！」

「味方が来るまで必ずソーマを守ってみせる！」

「みんな……」

闇ギルドとみんなの戦闘が始まった。

「くっ……⁉」

「エルミー！　ヒール！　ハイキュア！」

「助かる！」

回復魔法を唱えるとエルミーが肩に受けた大きな傷が癒えていく。

「ちっ……」

「ヒール！」

今度はフェリスに対して回復魔法をかける。状況は非常にまずい。

みんなはAランク冒険者だが、相手の闇ギルドの連中も相当な手練れで、いかんせん数が多すぎる。エルミーやフェリスも致命傷となる攻撃はうまく避《よ》けてはいるが、敵の攻撃を受ける数はだんだんと増えていく。

「フロラ、その女を頼む！」

「ストーンブラスト！」

「くっ！」

フロラの土魔法がデジアナを退ける。

敵に唯一勝っているのは三人のチームワークだ。互いに死角をカバーしつつ、互いの相手を入れ替えて十人の相手と戦っている。

「痛っ⁉」

「ヒール！」

まずい、後衛のフロラまで負傷し始めた。このままじゃ味方が来てくれるまで持たない。その前に誰かが回復魔法では治せないほどの致命傷を負ってしまう！

「ええい、たかが三人相手に何をしている！　相手はその男を守るだけで精いっぱいだ。全員で一斉にかかれ！」

グレイスが大声を上げると、デジアナを含めた闇ギルドの連中が一斉にこちらに向けて構えを取った。

「……しょうがねえ、こっちも被弾覚悟でいくしかねえな」

「ああ、一斉にいくぞ！」

くっ、これまで闇ギルドの連中は本気で踏み込んで攻撃を仕掛けてくることはなかった。治療士が少ないこの世界では闇ギルドの連中とはいえ……いや、闇ギルドの連中だからこそ、自身が怪我を負わないように立ち回っていた。

「へへ……絶体絶命ってやつだな！」

「ああ。だが、何があってもソーマだけは守るぞ！」

「一秒でも長く耐えてみせる！」

三人は覚悟を決めた表情で、俺を守るように前に立つ。

今のうちに障壁を何重にも展開するか？　いや、デジアナがいる以上、どんなに障壁があったとしても一瞬で無効化されてしまう……

「くそおっ！」

自分自身の情けなさに腹が立つ。みんなは身を挺《てい》してまで俺を守ってくれているというのに、俺は障壁に隠れて回復魔法を使うことしかできていない！

この世界では男に戦う力がないということは分かっている。だけどそれでも、みんなの力になりたい！

みんなと一緒に戦う力がほしい！　回復だけでなく、みんなを助けることができる力が‼

「えっ⁉」

突然俺の頭の中に一つの魔法が浮かび上がった。以前もらった資料に書いてあった治療士や男巫《おとこみこ》が使える魔法の中には書かれていなかった魔法だ。

まさかこれは聖男《せいだん》だけが使える魔法？

いや、どんな魔法であろうと、今はこの魔法にすべてを賭けるしかない！

「アビリティフォースメント‼」

「んなっ！」

「何だこりゃ⁉」

「こ、これは！」

俺が魔法を唱えると、エルミー、フェリス、フロラの身体《からだ》が白い光に包まれた。その白い輝きは回復魔法の際に発せられる緑色の輝きの比ではない。

「ソーマ、これは一体……」

「すげえ、力が溢《あふ》れてきやがる！」

「力だけじゃない、魔力も溢れてくる！」

「俺にもよく分からないんだけれど、突然頭の中にこの魔法が浮かび上がったんだ」

力と魔力が溢れてくるということは聖魔法による支援魔法のようなものだろうか。あるいは回復魔法による身体能力などの強化になるのか。

「お、おい。あんな魔法見たことねえぞ……」

「なんだかやべえ気がするぜ……」

「あ、あんなものは時間稼ぎのハッタリに決まっている！　全員で一気に掛かればあんなやつら……ふげら⁉」

「……はあ？　うげっ！」

「ぐはっ！」

「軽い！　身体が羽根のように軽いぞ！」

目の前にいたはずのエルミーが消えたと思ったら、闇ギルドの一人が崩れ落ちた。そして目の前で何が起こったか分からないという様子であったもう二人もエルミーの前に崩れ落ちる。

「ば、馬鹿な、速すぎる！」

「さ、先ほどまでとは比べ物になら……なにっ!?」

「よそ見している暇はねえぜ！」

「「がはっ！」」

「ははっ、すげえ力だぜ！」

闇ギルドの連中がエルミーに気を取られている瞬間を逃さず、フェリスが一気に詰め寄り、その大盾を振るう。そして大盾により、まとめて三人が後方へ吹き飛び、壁に衝突してそのまま起き上がらなくなった。

「な、なんだと！」

「ば、化物か!?」

先ほどまでこちらを圧倒していたはずの闇ギルドの連中の半数以上が一瞬のうちに地面

へと倒れ伏した。

すごい……速さに加え力が先ほどよりも格段に強くなっている。これがアビリティフォースメントという魔法の力なのか。

「ちっ！」

「撤退！」

「逃がさない！　バインド！」

敵の判断も早く、劣勢になった瞬間に即座に身を翻《ひるがえ》し逃走を図った。しかし、フロラの拘束魔法による鎖が残り四人の敵を捕らえる。

「なにっ！」

「速い！」

「くそっ、こんな拘束魔法程度がなぜ外せない！」

どうやらフロラの魔法も強化されているらしい。

「くっ、解錠！」

「悪いが二度も出し抜かれるつもりはない！」

「きゃっ！」

そして唯一この拘束魔法から逃れられることができたデジアナは、それを読んでいたエルミーによって取り押さえられた。

「ひ、ひいいいい！」

そして取り残されたのは腰を抜かして動けなくなったグレイスただ一人。決着は一瞬だった。

◇◇◇

「おらっ、さっさと歩け！」

「ちっ……」

拘束されたグレイスと闇ギルドの連中が次々と連行されていく。あのあとグレイスと闇ギルドの連中を拘束し、俺を救い出そうとしてくれた冒険者や騎士団の人達と合流した。

幸いなことにみんなの怪我《けが》や毒はすべて治すことができた。俺なら大抵の怪我は治せることが分かっていたため、とにかく致命傷だけは負わないように、立ち回ってくれていたようだ。

「ソーマ様、それに皆様もご無事で本当に何よりです！」

「カミラさんもご無事で本当に良かったです」

「私達だけで勝手に飛び出してしまってすまなかった」

「いえ、とんでもない！　皆様のおかげでソーマ様を救出できました。本当になんとお礼を言えばいいのか」

女騎士のカミラさんも無事で本当に良かった。

それにまたしてもみんなに命を救ってもらったな。結局あのアビリティフォースメントという魔法は俺自身を強化することはできなかったが、みんなの能力を何倍にも引き上げてくれた。

どうしてあの時にあの魔法が頭の中に浮かんだのかは分からないが、なんにせよ本当に助かった。それに今まではみんなに守られてばかりいた俺が、みんなの力になることができてとても嬉《うれ》しい。

「あっ、カミラさん、少しだけ失礼します」

そして先ほどから探していた茶色い髪の女の子を見つける。彼女は両腕を騎士の人達に拘束され、今まさに連行されようとしているところだった。

「ちょっと待って！」

「……っ⁉」

デジアナはビクっと全身を震わせた。

「デジアナ、あの時はありがとう。君のおかげで助かったよ」

彼女がこっそりと俺の拘束を解いてくれたおかげで、結果的に助かった。もしもあのまま地下牢《ちかろう》にいたら、みんなに助けてもらえる前にそのまま他国に連行されていたかもしれないし、そもそもみんなが俺のところまで辿《たど》り着くことができなかったかもしれない。

「お礼を言われることは何もしていない」

「君の妹がどこにいるのか教えてくれないかな？」

「……っ!? お願い、妹には手を出さないで！ 私ならどうなっても構わないから、妹の命だけは助けて！」

「あっ、いや。そういうことじゃなくて……」

聞き方がまずかった。そうか、今はそういう意味で取られてしまうのか。まあ、この状況ならそう思われてしまっても仕方がない。

「ソーマはそんなことはしない」

「ああ。どうせ、また例のお人好《ひとよ》しだろ？」

「さすがに命を狙われた相手にそれはどうかと思うのだがな」

みんなは俺のことをよく分かってくれているようだ。

「実はあいつらに捕まっていた時、一度彼女に助けてもらったんだ。その恩は返しておかないとね」

「えっ!?」

「もしもデジアナが俺のことを信じてくれるのなら、君の妹さんを助けたい」

「嘘《うそ》……そもそも私のせいであなたが捕まってしまったのにどうして……」

「デジアナは大切な妹さんを助けるために、あいつらに協力しただけだよね？　俺は人を治せるジョブを授かった。それなら相手がよっぽどの悪人でない限りは、どんな人でも助けてあげたいんだよ」

俺がこの世界にやってきて、人を救うことができるジョブを授かった。それならば、俺の手の届く範囲にいる人々はできる限り助けたい、俺はそう思う。

「お願い、私ができることなら何でもする！　どうか妹を助けてください！」

「ああ、任せてくれ」

今にも泣きそうな顔をして懇願してくるデジアナ。彼女は重傷を負った妹を人質に取られてやむなくグレイスを手伝っていたのだろう。それこそ望んではいないジョブの力を使ってな。

自分が罰せられるかもしれないのに、俺のことをこっそりと助けようとしてくれた彼女は根っからの悪人ではない、俺はそう思いたい。

その後、この廃墟《はいきょ》の一室にいた彼女の妹さんのところへ案内された。彼女は魔物に襲われて傷だらけになり自分で立てないほどだったが、回復魔法によって無事に怪我を治療することができた。

そして二人の両親がすでに亡《な》くなっていることを聞いた。デジアナはこのあと騎士団による取り調べを受けるため、妹さんを王都の孤児院に預けるという提案を受け入れてくれた。子供が一人増えても大丈夫なくらい寄付をしたつもりだが、王都を出る前にもう少し寄付をしてくるとしよう。

「ソーマ様、この度は本当にありがとうございました。一時はソーマ様の命を狙った私の妹の命まで救ってくださったソーマ様には本当に感謝をしております」

……あれ、なんかこの子の話し方が変わってない？

「デジアナは俺と同じくらいの年齢みたいだし、そんなに畏《かしこ》まらなくても大丈夫だよ。様とかも別に必要な――」

「いえ！　ソーマ様は私と妹の命の恩人です！　この御恩は一生忘れません！」

「あ、いや、そこまで気にする必要は別に……」

「この命はすべてソーマ様のために使うと決めました！　この罪を償うことができた際に

は、ソーマ様のために誠心誠意尽くさせていただきたいと思います！」

「…………」

なにやらデジアナの変なスイッチを押してしまったらしい。

というか、その覚悟はちょっと重すぎるぞ……

そしてそのままデジアナを騎士団の人達に引き渡した。妹さんは助けられたが、デジアナがこれまでに犯してきた罪までなかったことにはできない。デジアナの罰がそこまで重くないことを祈るとしよう。

「ソーマ様！」

「あっ、カロリーヌ様。カロリーヌ様も無事でよかっ……ってうわ⁉」

デジアナを騎士団の人に任せて、俺達も王城に移動しようと思っていると、カロリーヌ様が突然抱きついてきた。どうやらカロリーヌ様も無事だったようだ。

……というか、カロリーヌ様って着痩せするタイプだったのか⁉

思った以上に、その大きな胸の感触が伝わってくる。そりゃ、あの国王様の娘だから、当然と言えば当然なのかもしれない。

「私なんかを庇《かば》ってくださって、本当にありがとうございました！　本来ならば、女性である私こそがソーマ様を守らなければなりませんでしたのに……」

「いえ、あの時カロリーヌ様は俺を庇おうとしてくれました。その気持ちは本当に嬉しく思いますよ。それに『私なんか』ではないです！　俺はカロリーヌ様を守ることができて、とても誇らしく思っていますから」

いつもはみんなに守られてばかりだったからな。この男女の貞操が逆転した世界に慣れてきた俺も、男としてカロリーヌ様を守ることができて少しだけ誇らしい。

「ソーマ様……」

うるんだ瞳でこちらを見つめてくるカロリーヌ様。その元の世界の女性らしい仕草には思わずドキッとしてしまう。そういえば、襲撃の直前にはカロリーヌ様に告白をされていたんだった。

「カロリーヌ様……」

透き通る宝石のような美しい瞳、サラサラとして艶《つや》やかな輝く金色の髪、西洋人形のように整った美しい顔立ち。元の世界であれば、決して俺なんかとは接点がないであろうはずの絶世の美女。

知らず知らずのうちにゆっくりとその瞳に引き込まれ――

「さて、ソーマ。そろそろ王城に戻るぞ！」

「そうだな、さっさと国王様に無事を知らせようぜ！」

「きっとソーマとカロリーヌ様のことをとても心配している」

「「……っ⁉」」

俺とカロリーヌ様の身体《からだ》がビクンと跳ねた。

そうだ、みんなもすぐ隣にいたんだった！

それと、ついさっきグレイスのような四十代の女性に貞操を奪われかけたことによって、ただでさえ綺麗《きれい》な女性であるカロリーヌ様が普段よりも魅力的に見え、危うくこちらからも抱きついてキスをしそうになってしまっていた！

さすがにこちらからこの国の第二王女様の唇を奪ってしまったら、完全に責任を取らされるところだったな。

「そ、そうだね。まずは王城へ戻ろうか！」

「はうう……」

どうやらカロリーヌ様の方も冷静になったようで、顔を真っ赤にして恥ずかしがっている。やっぱりその女の子らしい仕草はとても可愛《かわい》らしかった。

エピローグ

「ソーマ殿、この度は政《まつりごと》にソーマ殿を巻き込んでしまって、本当にすまないと思っている。そしてカロリーヌの命を救ってもらい、本当にありがとう。またいつでも王都へ遊びに来てほしい」

「はい、王都にはまた遊びに来させていただきますね」

俺がグレイス達に攫《さら》われてから二日後。

この国の宰相が他国と手を結んで、カロリーヌ様を暗殺しようと企《たくら》み、男巫《おとこみこ》である俺を売り渡そうとしたことによって起きていた混乱がようやく少し落ち着いた。

さすがに俺達も事情を聴かれたり、怪我人《けがにん》を治療したりと、アニックの街への帰還を一日遅らせることになった。

そしてアニックの街へ出発する日、国王様とジャニーさんと騎士団の人が見送りに来てくれている。

「そういえばカロリーヌ様は来られていないのですね」

「うむ、そのことについてなのだが、二日前に突然ソーマ殿の妻になりたいと我に宣言をして、習い事や国の業務に関わることを熱心に学び始めてな……」

「…………」

やはりあれはプロポーズだったようだ。

「正直なところ、我はソーマ殿とカロリーヌに結婚してもらいたいとは思っていたが、まさかカロリーヌがそこまでソーマ殿に好意を持つとは思ってもいなかったのだ。カロリーヌがこれほど一人の男性に固執するのは初めてのことである」

なるほど、カロリーヌ様は王族だし、貴族や有力者の男性にしか会ったことがない状態で、俺みたいな変わった男に出会ったのが新鮮だったのかもしれない。……ヒナ鳥の刷り込みのような感じかな。

「まあ我としてもカロリーヌとソーマ殿がくっついてくれれば何よりだし、たとえそれが叶《かな》わぬとも、カロリーヌがやる気を出してくれるのはありがたいことである。あの子も女としては変わった性格だが、非常に優秀な娘であるからな。ソーマ殿も少しでも検討してくれればありがたい」

「……さすがにカロリーヌ様と出会ってまだ少ししか経《た》ってないですから、今のところはなんとも言えないです」

「完全に脈がないわけではなさそうで、我としても少し安心したぞ」

さすがにカロリーヌ様と出会ってまだ一週間も経ってないからな。いくらなんでもまだ結婚なんて意識できるわけがない。

それにこっちの世界では高校生くらいの年齢で結婚するのは普通なのかもしれないが、元の世界からやってきた俺にとって結婚は早すぎる……性格や容姿はとても好みではあるんだけどね。

「もちろん、カロリーヌだけでなく、我とも一緒に楽しんでもらいたいところでもあるがな」

「…………」

国王様は返答に困ることを言ってくれる。

今日は最初に会った時と同じ、身体のラインを強調するピチピチの服を着ている。本当にカロリーヌ様を産んだとは思えないくらい若くて綺麗に見えるよね……

「ゴホンッ。国王様、もうその辺りで……」

国王様の隣にいるジャニーさんからの助け舟が入る。

「ソーマ様、この度は本当に感謝しております。一歩間違えば、国家の一大事になるところでした。また、ぜひ王都へ遊びに来てください」

「ソーマ様、この度は私達の部隊を庇ってくださいまして、本当に感謝しております。この御恩は一生忘れません！」

カミラさんが俺に向かって恭《うやうや》しく跪《ひざまず》く。後ろにはカミラさんの部隊の人達もいる。

結果的には俺もカロリーヌ様も無事に助かったのだが、一時的に俺を攫われたという責任をカミラさんの部隊が取らされそうになったところを俺が止めた。

……いや、だって闇ギルドの手練《てだ》れがこちらの人数の三倍もいたんだぞ。むしろ、そんな中で一人も死者を出さなかったことは、称賛されてもおかしくないじゃん。

俺の進言もあって、カミラさんの部隊は無罪放免となったわけだ。なんかエルミー達もアニックの街に帰ったら、護衛を辞退するとか言い出しそうなので、その際は全力で止めるとしよう。

「こちらこそカミラさん達が助けに来てくれなければ本当に危ないところでした。また王都に来た時はよろしくお願いしますね」

「はい！　その際は必ずこの御恩を返させていただきます！」

「……………」

「はい。必ずまた来ます」

俺もみんなに助けてもらったから、これでおあいこだと何度も言っているのに、聞いてくれないんだよなあ。

「それではまた来ます。本当にお世話になりました」

「ああ、待っておるぞ。その際は娘達と共に歓迎しよう」

「アニックの街への帰路もどうかお気を付けください」

「ソーマ様、必ずまたお会いしましょう！」

ポーラさんが操る馬車がゆっくりと進み始めた。見送りに来てくれた人達にみんなと一緒に手を振って別れを告げる。

王都ではたくさんの人に出会えたし、本当に楽しかった。せっかく知り合ったのだから、デジアナとその妹さんの様子もまた見に来るとしよう。

「ソーマはカロリーヌ様と結婚する気？」

王都の街からアニックの街に向けてガタゴトと揺れながら進む馬車の中、フロラが唐突にそんなことを言い出した。

「いや、いきなり何を言っているの、フロラ！　カロリーヌ様と出会ってから、まだ一週間も経ってないいんだよ！」

カロリーヌ様も国王様も結婚とか簡単に言っていたけれど、出会ってすぐに結婚とかさすがにおかしいだろ。

しかもカロリーヌ様は貴族の男以外とまともに話したのは俺が初めてで、ヒナ鳥の刷り込みみたいな状況に陥っている。しばらくして落ち着けば、さすがに冷静な判断力が戻ると思うんだけど……

「出会って一週間だろうと、貴族や王族での結婚はよくあることだぞ。一度も会うことなく結婚をするなんてことも、稀《まれ》にだがある話だ」

エルミーも話に入ってきた。元の世界にも昔はお見合いみたいな風習もあったことだし、貴族や王族がいるこの世界では、政略結婚なんてよくある話なのかもしれない。

「……少なくとも俺の故郷では出会って一週間で結婚なんてことはほぼないから。今は結婚する気なんてないよ」

「そうだよな。あの姫さんも変わっている女だったし、まだソーマに結婚なんて早《はえ》えよな！」

「でもそれを言ったらフェリスもよっぽど変わっている」

「なんだと！　フロラには言われたくねえぞ！」

「おいおい、こんなところで言い争っても仕方がないだろう」

「ムッツリは黙ってて！」

「ムッツリは黙ってな！」

「だ、誰がムッツリだ！」

「くっくっく、相変わらずソーマの旦那の周りは楽しそうで何よりだぜ」

「はは、そうですね」

みんなは馬車の中でわあわあと騒いでいる。

ポーラさんの言う通り、王都ではいろいろと大変だったのに、みんな本当に元気だ。

男女の貞操が入れ替わるという、とんでもない世界にやってきた俺だけれど、この世界で出会ったみんなのおかげで、日々を楽しく過ごせている。

明日は明日で、元の世界の男女の常識では考えられないようなとんでもない出来事が起こるかもしれないし、今回みたいに俺が狙われるなんてこともあるかもしれない。だけどみんながいれば、きっと乗り越えられる。

アニックの街にいるみんなは元気だろうか？　アニックの街へ帰ったら、またこんな波乱万丈な日々が続くのだろう。

だけどそんな日々も悪くない。

あとがき

初めまして、タジリユウと申します。

こちらの作品は異世界転生ものではありますが、ちょっと特殊な貞操逆転異世界への転生となります。男性にとっては最高な世界であると同時に、危険な世界でもありますね。

現代の男女の貞操観念が入れ替わるという漫画から着想を得て、もしもそれを異世界のファンタジーにしたら面白いのではと書いてみたら、こんな世界観になりました(笑)。

書いている本人はこんな魔物が存在して、こんな悪人が出てくるのだろうな、なんて感じでノリノリに書くことができました。書きながらも主人公であるソーマはこんな綺麗《きれい》な女性達に囲まれて、いろんなイベントに巻き込まれて本当に羨ましいと、心の底から思ったものです。

こちらの作品はWEBでも公開しており、ちょうど本編が完結しました。ストーリーや登場人物などはかなり異なっておりますが、興味がありましたら、そちらも読んでいただけますと幸いです。

さて、私がライトノベルを初めて読んだのは大学生の頃になります。当時の友人からライトノベルを勧めてもらい、そこから一気にハマって多くの作品を読んできました。社会人になってからはＷＥＢ小説と出会い、通勤時間もずっと読み耽《ふけ》っていたものです。

ふとしたことから自分でも小説を書いてみたいと思い、ＷＥＢ小説に投稿を始め、読者の皆様からの応援もあって、『第８回カクヨムＷｅｂ小説コンテスト』の異世界ファンタジー部門にて特別賞をいただくこととなった次第です。

まさか昔からよく読んでおりましたファンタジア文庫様から書籍を出させていただけるとは思ってもおりませんでした。

最初は空いた時間にスマホで小説を書いてみただけなのですが、本当に人生は何が起こるか分からないものです。皆様もほんの少しでも小説を書くことに興味がありましたら、まずは深く考えずに小説を書いてみることをお勧めします。書いてみることで、私のように人生が変わるかもしれません！

最後になりますが、制作に携わっていただいた編集様、校正者様、営業様等々、本当にありがとうございました。この作品を出すことができたのも、皆様のおかげでございます。

イラストレーターのさなだケイスイ様、ヒロイン達の魅力を作者のイメージ以上に引き出してくださいまして、本当の本当にありがとうございました！

そして、この本を手に取ってくださいました皆様に最大の感謝を！

富士見ファンタジア文庫

男女《だんじょ》の力《ちから》と貞操《ていそう》が逆転《ぎゃくてん》した異世界《いせかい》で、誰《だれ》もが俺《おれ》を求《もと》めてくる件《けん》

令和6年5月20日　初版発行

著者――タジリユウ

発行者――山下直久

発　行――株式会社KADOKAWA

〒102-8177

東京都千代田区富士見2-13-3

0570-002-301（ナビダイヤル）

印刷所――株式会社暁印刷

製本所――本間製本株式会社

※定価はカバーに表示してあります。

●お問い合わせ

https://www.kadokawa.co.jp/（「お問い合わせ」へお進みください）

※内容によっては、お答えできない場合があります。

※サポートは日本国内のみとさせていただきます。

※Japanese text only

ISBN978-4-04-075456-7 C0193　◇◇◇

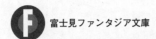

無自覚最強×ハーレム！
シリーズ
好評発売中！
妹が女騎士学園に入学したら
なぜか救国の英雄になりました。
僕
ぼくが。
After my sister enrolling in Girl Knights' School, I become a HERO.
author.
ラマンおいどん
ill. なたーしゃ
ファンタジア文庫

だって学園の誰より
兄さんのが
強いですから

STORY

妹を女騎士学園に送り出し、さて今日の晩ごはんはなににしよう、と考えていたら、なぜか公爵令嬢の生徒会長がやってきて、知らないうちに女王と出会い、男嫌いのはずのアマゾネスには崇められ……え？　なんでハーレム？

切り拓け！キミだけの王道
ファンタジア大賞
原稿募集中！
賞金
《大賞》300万円
《金賞》50万円
《銀賞》30万円
選考委員
細音啓「キミと僕の最後の戦場、あるいは世界が始まる聖戦」
橘公司「デート・ア・ライブ」
羊太郎「ロクでなし魔術講師と禁忌教典《アカシックレコード》」
ファンタジア文庫編集長
前期締切 8月末日
後期締切 2月末日
公式サイトはこちら！ https://www.fantasiataisho.com/
イラスト／つなこ 猫鍋蒼 三嶋くろね